向世界进发

王丹 著

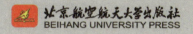

北京航空航天大学出版社
BEIHANG UNIVERSITY PRESS

内容简介

　　《向世界进发》是王丹继《搭车旅行：那些边走边晃的日子》之后推出的又一力作，作者走出国门一路游历，经东南亚、印度、尼泊尔、俄罗斯、约旦到非洲，饱经历练，也更加成熟。书中的故事或如"俄罗斯军营记"跌宕起伏，或如"昆虫晚餐"妙趣横生，或如"免费的老年团导游"温情脉脉，或如"逃跑"惊心动魄，细细读来，个个引人入胜。

图书在版编目（CIP）数据

　　向世界进发 / 王丹著 .-- 北京：北京航空航天大学出版社，2013.2
　　ISBN 978-7-5124-1050-3
　　Ⅰ.① 向… Ⅱ.① 王… Ⅲ.① 游记 – 作品集 – 中国 – 当代 Ⅳ.① I267.4
　　中国版本图书馆 CIP 数据核字（2013）第 019773 号

向世界进发

王丹 著
策划编辑：谭　莉
责任编辑：郑　方
*
北京航空航天大学出版社出版发行

北京市海淀区学院路37号（100191） http://www.buaapress.com.cn
发行部电话：(010) 82317024　传真：(010) 82328026
读者信箱：bhpress@263.net　邮购电话：(010) 82316936
北京尚唐印刷包装有限公司印装　各地书店经销
*
开本：700×1000　1/16　印张：16.75　字数：255千字
2013年2月第1版　2013年2月第1次印刷
ISBN 978-7-5124-1050-3　定价：39.80元

忘掉自己一切一切的身份，抛开一切一切世俗的眼光，做回最最原始本真的自己。从此我要光脚走路也好，穿鞋奔跑也罢；衬衫绅士也好，赤膊嬉皮也罢；沉默肃静也好，放浪形骸也罢；泪流满面也好，癫狂痴笑也罢都是一个人的事情，与地球人无关。

对于绝大多数人来说，这都是一段太远太久的旅行。第一阶段旅行结束的时候，我觉得自己已经强大到无论做什么，都一定能够成功。如今，这第二阶段的旅行结束，我依旧觉得自己强大到无论做什么，都一定能够成功。但给我更多启迪的是，我觉得，人不只应该为自己做些什么，还应该为家人，为这个社会做些什么。这些话听上去像是套话，但确实是我心中所想。有生之年，除了环游世界，我还应该为这个世界做些什么。

目录

14 下龙湾的记忆

选择走出国门，当一只脚踏上另一个国家的领土，时间仿佛片刻凝固，灵魂也似乎被分割成了两半：一半是对故土的留恋难舍，另一半是对未知新奇的向往。

21 跳海狂徒

随着一个鱼跃，我纵身入海，水中那几秒，都在想刚刚的姿势是否帅气。但当头顶浮出海面，听到船舱里犹豫的人们全在拍手叫好，那一刻我知道，姿势不是重点，那份勇敢尝试的豪情才是掌声之源。

28 西贡情人泪

我不知道是否有一天，珊娜的心上人也会回来，然后跟她说一段类似的话；也不知道曾经的那个形象是不是她最为之心荡神驰的一个形象。但这些都不重要，重要是未来的日子里，她能找到一种力量，支撑着生活更好地走下去的力量。

34 昆虫晚餐

聪明的柬埔寨人用不同的方法将它们捕获（比如水虱靠撒细网打捞、蟋蟀用灯火吸引等等），然后卖给小贩进行加工（主要是油炸后加点盐之类的调味品），接着就直接流入市场，成为柬埔寨人独爱的食物，就好比韩国人之于泡菜，越南人之于米粉。

39 属于游客的吴哥窟

既然不能增加生命的长度，那么就尽量地去扩展它的宽度吧。让我们趁年轻，尽情地疯狂、撒野、做梦、行走！

8

引子

这一次，向世界进发

元宵节已过，走亲访友的任务基本完成，无论是从精神上还是肉体上，都迫切地需要再一次旅行。家中安逸的生活看似舒服，但整日无所事事，就像书桌前的那颗仙人球，永远只有拳头大小的一捧泥土供给养分，不知不觉就会被岁月蚕食干净，纵然外表看上去并无异样，内心也许早已枯萎。

多少次梦里，遇见自己打坐在吴哥坚韧的磐石上，缅怀高棉历经千年的微笑，又或者仰躺在蒲甘的某座灵塔之上，与先人的灵魂一起，在草绿的空气中品味夕阳西下的安详；再或者站在泰姬陵前，遥想泰姬·玛哈尔究竟是怎样貌美的奇女子，才能催生如此惊艳绝伦的建筑经典。

我就像个瘾君子，被这些享誉世界的美景迷得神魂颠倒，也许这就是所谓的"身未动，心已远"吧。

只是每次醒来，摸到的还是熟悉的枕头，空余一丝穿越的幻觉，满腹茫然。好在知道自己到达那些梦中之地只是时间问题，便会宽慰一些，渴望积攒得更多，等到释放那一刻，也更加快乐吧。

日子每过一天，欲望便增强一分，似乎一刻也难再等下去。

一边整理着出发的心情，一边做着准备工作。出国旅行最大的问题就是语言，Chinese 的国际地位人尽皆知，一出国门就基本失效了。学生时期老师教的那些英语单词、语法早已忘记大半，甚至连最简单的"salt"（盐）也想不起来。

隐隐担忧着语言不通的日子会困难重重，这倒让我想起那时患着感冒去拉萨的情形，同样是担忧，最后不都安然度过了嘛。脑海中闪现出一句名言："帝国主义都是纸老虎。"

随即安慰自己："这不手里还有电子辞典嘛！到时候多查单词，配合着手舞足蹈便是了。"

攻略也只粗糙地做了一点，怕看多了产生审美疲劳，到时候随着人家的步子去了，旅行就失了那份味道。还是像国内旅行那样，大概知道想去哪些地方，也不去深究什么文化、交通，等到达再去慢慢体验。每一场旅行都是独一无二的，一切都事先知道了还有什么意思？我们需要猎奇的新鲜感。

去银行兑换了一些美金，1比6.5的汇率。全球通用的美金不仅面额大便于携带，兑换还方便。其余的钱都存入Visa信用卡里，方便在国外的ATM机里随时取现。

如果仔细去追究细节，准备永远都没有充分的那一天。某位大师曾说："人生不需要太多行李。"在我看来，旅行同样也不需要太多准备。索性穿起一身旧行头出发吧，这样最简单，旅途中再将一切渐渐完善。

再次上路的理由仍然是"研究生"，如今寒假已经结束，又该开始新学期了，一切看上去都天衣无缝。慢慢地将行李一件件藏回朋友家中，美其名曰先邮寄回学校。其实这样的谎言当真圆得很累，但是既然当初选择了用这样的借口去完成梦想，就将它进行到底吧。

等待出发的心情依然如最初那般热烈，只是国内外文化差异巨大，期待更多美妙的故事，期待更绚烂的精彩。

经过国内搭车旅行的洗礼，少了那种接近出发日期时的慌乱，学会平和地去接受所有终会到来的改变，也坚信不管前方遇到几多困难，旅途总会越变越好，最终刻入骨髓，铭记心底。

出发那一刻的心情，不再是留恋亲人的一个拥抱，分别时候的情绪比起第一次也要平稳得多，没有太过矫情的不舍，眼神中满是坚毅。一切都是早就计划好的，手持梦想的接力棒，我将勇敢跑下去。

母亲也是放心得很，她知道我会安然无恙地回来，只是叮嘱常联系，殊不知这次她的儿子要去比西藏更远的地方。

踏上火车的那一刻，仿佛将整个世界重新抱回怀里。又能忘掉自己一切一切的身份，抛开一切一切世俗的眼光，做回最最原始本真的自己。从此我要光脚走路也好，穿鞋奔跑也罢；衬衫绅士也好，赤膊嬉皮也罢；沉默肃静也好，放浪形骸也罢；泪流满面也好，癫狂痴笑也罢——都是一个人的事情，与地球人无关。

我只放肆地看我想看的风景，做我想做的事情，过我想过的生活，和我想说话的人说话，思念我想思念的人。这样的人生，多纯粹，多好！

就像冲出牢笼的鸟儿飞至最高的山巅，用力吸进第一口纯净的氧气，于是整个身体以及疲惫的灵魂都被滋养了，生命的力量被渗透到每一块肌肉。

终于明白：为什么造物主让我们来到这个世界。

自由的我，又上路了。

而这一次，是向世界进发！

四千美岛的日落，宁静而安详

第一章

风情万种 东南亚

下龙湾的记忆

选择走出国门，当一只脚踏上另一个国家的领土，时间仿佛片刻凝固，灵魂也似乎被分割成了两半：一半是对故土的留恋难舍，另一半是对未知新奇的向往。

把护照提前寄往南宁一家旅行社办理越南签证。一张照片，350元人民币，就能换取三个月停留期。

至于为什么第一个国家选择越南，原因是一来它与中国接壤，可经陆路过关，省下机票钱；二来由于地处东南亚最东边，从此一路向西，穿越柬埔寨、老挝、泰国、缅甸等等，很顺，不用绕回头路。

拿到签证的时候端详了很久，这张制作精美的薄薄纸片印着未曾见过的文字，却能打开另一个国家的大门。突然有种虚荣的痴念，要将这本护照贴满各个国家的签证，我想这跟集邮爱好者收集到第一张邮票时的感觉是一样的。

这些行走世界的铁证将伴随我完成一段又一段的旅途，这不单单是一本万花筒般色彩斑斓的通行证，更像是本故事书，讲述一个年轻人周游世界的梦想。等将来头发花白躺在摇椅的那一天，"这本书"偶然间被孙子调皮地从箱底翻出来。我抱着他，用舌头轻舔一下满是皱纹的大拇指，翻开其中一页，推一推鼻梁上厚厚的老花眼镜，眯下眼睛，思绪回到公元2011年，那时的我，24岁。

"孙子啊，爷爷从前在某某国家的时候……"那些故事或者离奇，或者平淡；或许快乐，或许悲伤；也许正经，也许不正经，都已不再重要。重要的是当故事讲完，回忆抽空之后回到现实，眼中必定会有晶莹的东西在闪烁吧，又一次被那个从前的自己感动了。

去往凭祥（中越最重要的过境口岸）的路上，气温舒适，满目翠绿。此刻北国正漫天飘雪，杭州也冷得厉害，自己却能侥幸逃脱，尽享温暖，就像市井之徒捡了个小便宜，心中一阵得逞的暗爽。

中巴车上的人各式各样，每张脸似乎都能读出些特别的味道，大概是在边境混，都有些故事吧。

邻座年过四十的大哥穿着劣质的西装，稀疏的头发打满啫喱，向我传授着他当年行走江湖（确切说是行骗江湖）的辉煌经历。这样的"奇人异士"我向来都乐于结交，并不是想要学习，只是每次听完那些天马行空的故事，都会坚定一寸行走的信念："这个世界，真是太精彩了。"

到凭祥一下车，浓郁的异国风情扑面而来。房子变成瘦瘦高高的几层楼，这是越南特有的建筑形式，就像它的版图一样狭长，街边店面的名字也用中越两种文字标写。

路过卖越南米粉和春卷的小摊，摊主是位清瘦的越南妇女，能讲一口流利的普通话。几张低矮的桌椅一字排开，和一群戴着"绿帽子"（越南经历几次战争，从前当兵男子戴上绿色帽子能在树林隐蔽自己，这种战争颜色的

越南特色的"绿帽子"

帽子就被当做光荣沿袭了下来）的越南男子坐着一同吃，他们都是边境口岸干体力活的装卸工，属于边民，只需要一张通行证就能往来两国。

三块钱吃到饱，感慨这物价真是低。

也许很多人都出过国，但大多数都坐飞机。巨大的天空十字架一起，一降，眼睛一闭，一睁，就已经身在另一个国家，殊不知是哪一刻真正离开祖国的领土。

但若选择走出国门，当一只脚踏上另一个国家的领土，时间仿佛片刻凝固，灵魂也似乎被分割成了两半：一半是对故土的留恋难舍，另一半是对未知新奇的向往。

语言、文字、食物以及整个生活环境都发生了颠覆性的变化，那是种隐隐的兴奋，就好像《阿凡达》里的 Jack 第一次化身纳威人，体验潘多拉星球所有未见的神奇。但这种兴奋又伴随着些许恐惧，我想这恐惧来源于离开故土的不安全感。

但无论如何，这样的感觉美妙至极，那一刻，真想和全世界分享。

越南的第一个目的地并不是河内，而是海防。因为去年在鲁朗相识的刘

我和刘哥，又见面了

哥就在海防办企业，我们有个约定，若是到了越南，首先要去看他。

再次相见，彼此丝毫没有陌生感，不论是下车间视察工作还是与合作伙伴约谈生意，刘哥都不忘带上我，说这也是个学习的机会。

那晚一个越南老板请吃饭，这样的生意场面本与我无关，也被坚持邀请了去。主菜是一只超级大的刺猬，据说是只有过年才能吃上的野味。

酒至半酣，听说我花9000元就能旅行5个月，越南老板笑称自己如果不带够一个亿（当然是越南盾），绝对不敢出门。两种天差地别的生活当然对应两种截然不同的个性，每个人都懂，但还是被这"笑话"逗得捧腹。

每次介绍我的时候，那些搭车旅行的故事总会被再次提起，刘哥的语气带着某种骄傲。接着身边的旁观者开始附和，但毕竟不是热爱旅行的人，从他们的眼神中可以看出那种疑惑："为什么一个大老板和一个流浪汉，会有这么深厚的情谊？"

这种感情，在路上的人懂。

次日独自逛逛海防的大街小巷。合4块钱一公斤的菠萝蜜甜到甚至有些腻，这是我在东南亚最喜欢的水果。而路边摊的油炸饼条蘸着番茄酱吃，也很美味。

累了就找家咖啡厅闲坐下来，通常都有Wifi信号，喝杯最爱的炼乳咖啡，上会儿网，最是惬意。

在一个玻璃杯中倒入少量炼乳，接着将过滤咖啡的容器（类似于底部穿孔的茶杯）架在玻璃杯上面，看着咖啡一滴滴坠入炼乳当中，每一滴都像一个扑火飞蛾般的战士，奔向生命的另一个尽头。

待咖啡渗漏干净，再用勺子将炼乳与咖啡搅成完完全全的融合，接着轻轻啜上一口，奶香略重于咖啡香。舌头味蕾的感觉瞬间被夺走，那种香浓甚至从呼出来的空气中都能感受到。

要在国内，即使是再普通的咖啡店，一杯咖啡也要卖到几十块钱。而这里仅仅需要1万盾（合3元钱）就能品尝到一杯纯正的炼乳咖啡。

所以在这个挚爱咖啡的国度，即使是环卫工人，前一秒还在辛苦地扫大街，

工作在异国他乡的工友们

下一秒或许就跷着二郎腿，坐在咖啡厅里美美地享受了呢。这样的事情要是换在别的国家，恐怕绝难发生。

而在越南穷游的背包客，很多时候可以找家环境宜人的咖啡厅，花几元钱点上一杯咖啡，就能免费使用一下午的无线网络。店主通常有自己的事情要忙，绝不会问你是否续杯之类的问题。

这里，真是背包客的天堂。

刘哥在十几年前就独自来到越南闯荡，刚开始的时候生产摩托车，慢慢地积累了资本，就在国内采购配件，运到越南组装成小型卡车。

厂里给工人们安排了专门的宿舍，热水、电视和网络一应俱全，条件很好。食物由专门的阿姨负责，这个中年的越南妇女却做得一手好川菜，着实让我惊讶。看着工人们每天下班时候的表情，个个幸福感十足。

这一切归功于他们善良的老板，他不像有的企业家那样只会不断地压榨工人的劳动力。刘哥希望他们既能挣到钱，也能生活得好。

一个阴天的下午，几个还没去过下龙湾的工人被召集起来，每人带薪放假半天，和我一起去下龙湾玩。由于自己酷爱旅行，刘哥公司有个不成文的规定，每个工人都能公费游一次下龙湾。

司机阿光开着丰田商务车，载着我们一行七人直奔目的地，旅行这么久，这算第一次"团队游"吧。

下龙湾是越南北部广宁省的一个海湾，距离海防市几十公里，早在20世纪90年代就已经是世界自然遗产。因为景色酷似中国的桂林山水，又有"海上桂林"之称。

见过桂林山水的我原本期待不高，但当看见1500平方公里的海面上，山岛林立，星罗棋布，还是有点被惊到了。大自然的鬼斧神工将这些山石、小

下龙湾最闻名的斗鸡石，神似

岛雕刻得千奇百怪，有的如直插水中的竹笋，有的像奔驰的骏马，还有的似争斗的公鸡。贴着海面的石头被浪拍打得千疮百孔，发出"啪啪啪"的声响，听着都疼。心想桂林的那些山，不用受这"皮肉之苦"，要幸福一些吧。

由于没有相机，工人们纷纷拿出各自的山寨手机拍照，尽管那些照片难有清晰的一张，但还是乐此不疲。能感觉他们的内心也喜欢旅游，渴望留下眼前这些不常见到的美景，回老家的时候可以让孩子也看看。我不断地提出给他们拍照，这该是唯一能帮上的忙。

看完几个景点，该是回去的时候了，从工人们的脸上可以读出些许依依不舍。那种留恋也许不仅仅是对美景的留恋，更多的是对此刻自由生活的留恋。因为谁都知道，今天过后，又得投入到无尽的工作中去。

有时想想自己是如此幸运，能有这么多的时间去自由地、慢慢地品味世界，不受羁绊。而与此同时，又有多少人受制于现实而放弃周游世界的梦想呢？

那晚离别宴，我们干光了几箱喜力啤酒。明天我就要离开，前往下一个目的地。

后来又听刘哥说，那些一同旅行过的工人们偶尔仍会关心我的行踪，当听说三个月后我在瓦拉纳西的恒河里面游泳的时候，觉得简直不可思议。或许对于他们而言，印度已经是这个世界上远得不能再远的地方，谁知后来的后来，我还去了非洲，那片更遥远的土地。我偶尔也会想起他们，想起那片下龙湾的海，而他们心中依稀隐埋的那个周游世界的梦想，权当由我代替去完成吧。

离别的晚餐准备就绪

跳海狂徒

　　随着一个鱼跃，我纵身入海，水中那几秒，都在想刚刚的姿势是否帅气。但当头顶浮出海面，听到船舱里犹豫的人们全在拍手叫好，那一刻我知道，姿势不是重点，那份勇敢尝试的豪情才是掌声之源。

等待红灯的摩托车大军

　　旅店不远处有一家不起眼的杂货铺，门面虽小，但无论饼干、水果还是日常生活用品，统统都能买到。门口挂着一张白色纸板，上面写着四个鲜红的英文字母"RENT（出租）"，纸板下面则整齐停放着五辆本田摩托车。

　　摩托车作为越南普通家庭的主要交通工具，绝对是他们生活中不可或缺的一部分。每天早晚，马路上都会挤满骑摩托车上下班的人们，远远望去就像一群正在搬家中的蚂蚁。

　　偶尔一个红灯阻拦，人行道线后就会排起长长的队伍，那架势仿佛在等待一场马拉松竞赛的开始。绿灯一亮，打头的几部车便率先开足马力冲了出去，接着大部队浩浩荡荡地穿街过市，发动机"突突"的轰鸣声瞬间将噪音拉高几十分贝，盖过任何其他响动。

　　由于经济发展滞后，越南人民并不富裕，但唯独对摩托车的品质要求很高。相比以前进口的中国摩托车，如今他们更倾向于铃木、本田之类的日本车，虽然价格贵些，但马力、安全性和耐用性都要高出一截。

　　几乎每个越南小伙都信奉一句谚语："No motor, No honey.（没有摩托车，就没有女朋友）"试想如果能够骑着心爱的摩托车，带着心爱的姑娘，去心爱的地方兜风，该是多么浪漫的事情。

骑着摩托逛芽庄，旅行生活，自由自在

所以在越南，摩托车已经不单单是交通工具，更像是一种文化。

既是如此，那我怎能不体验一番？

谈好价钱：6美金一天，油费另算。检查车况（如有损坏要先指出，免得还车时候说不清楚），确认油表（指针是满格的，回来的时候要自己加满油），试骑一圈（在越南，外国人驾驶摩托车是不需要驾照的，即使被交警抓到，也只是警告了事。但出发前老板都会要求租车人试骑一段，以确保他不是马路杀手），一切都没问题，可以上路了。

交车的时候老板并没有索要押金，只是简单询问了我的住处，接着收下6美金的租金，强调一遍还车时间和安全问题，就自顾自忙去了。

就这样，芽庄这个原本就不大的海滨小城市，因为有了摩托车而更加袖珍。

我去农贸市场看热闹的鱼市。看着比人还长的大鱼被逐段分割；看着笔杆般粗细的虾儿活蹦乱跳；看着男人抬起背篓，青筋暴满；看着女人吆喝叫卖，表情期待；看着这里人们的生活，依旧是生活本来的模样。

我去婆那加占婆塔参拜神明，在燃灯熏黑的古塔里，和虔诚的当地人一起双膝下跪。不为求富贵荣华，只愿每个我爱的人，都能幸福。

我会在饿的时候去路边小推车买个法棍，这种包裹西红柿、火腿、黄瓜和芝士的法国风情面包香浓美味，接着让旁边果汁摊上百无聊赖的阿姨做一杯牛奶百香果，好好犒劳一下经常受尽委屈的胃。

我也会在疾驰的时候，像个疯子一样，大声地和每一个被超过的路人说"Xin Chao"（越南语"你好"的意思）。也不去管是否会有回应，只想让这份彻底的自由，拥有一个可以传递的对象。

当然，我还会在孤独的时候选个没人的地方，面朝大海。尽管不是春暖花开的季节，依然可以假想在和未来的自己说话，说好长好长的一段心里话。

末了，夜幕让一切沉静下来，该是回去的时候了。沿着海滨大道一路驰骋，湿咸的空气不断地从鼻孔灌入肺里，海浪拍打着堤坝，时不时溅起两米高的水花，像是一朵朵小型喷泉依次打开。

有那么一瞬，我甚至想沿着这条路一直开下去，直到世界尽头……

那晚旅店的伙计不依不饶地推荐一日四岛游的项目，6美金的价格就可以游览芽庄周边的四个小岛，包括来回接送费、船费、导游费和一顿中饭。敌不过纠缠，心想就当花6美金去吃个中饭吧，便答应了。

隔天早上八点，就被准时接去登船。这艘船分上下两层，上层是甲板，下层船舱里架着很多排木头椅子，用来接待游客。

总共大概30人，其中四分之一来自欧洲各国，另外四分之三则来自越南本土，每个人都是结伴而来。唯独我这个非越南国籍的亚洲人形单影只。

大多数时间我都一个人听着音乐跟着大部队走（因为导游介绍先是用越南语讲一遍，再用英语讲一遍，无论哪种语言，我都几乎无法听懂，就只能默默跟随），给养殖场里的海龟丢片树叶，又或者向玻璃缸里的海鱼做个鬼脸，这样的顽皮能够冲淡一些孤独感。

一个岛进，一个岛出，走马观花的行程果然非常的"团队游"，但想想这白菜一样便宜的价格，也就没什么好抱怨的了。

十二点左右，游船停泊在了一处风平浪静的海域，午餐就在船舱内解决。食物全是事先在岸上准备好的，每四个人五菜一汤，有鱼块，有蔬菜炒肉，有米饭。这是越南入境以来第一顿带米饭的餐食，可把我想念坏了，一口气吃了三大碗，心想仅这顿午餐，就已经赚回票价。

饭后躺在船头，随着水波轻轻晃悠，竟不知觉与周公打了个照面。突然间船舱里迪斯科音乐响起，那震耳欲聋的音响效果一点也不亚于迪厅，只见所有人都指着海里一边拍照一边喝彩。

我起身挤过去探个究竟，看见一个身体健硕的船员男扮女装，正穿着三点式在一块漂浮的泡沫架子上跳"艳舞"。那场面确实引人捧腹。

跳了一会儿，气氛已经空前高涨。那个船员开始向众人招手，嘴里喊着越南话，虽然听不懂，但感觉像是某种鼓动。

两分钟后，音乐还在继续，鼓动还在继续，但就是没有回应。而反观船舱里的人，看似都蠢蠢欲动，实则你推我让地嬉笑着。

此时我忽然明白，莫不然是鼓动跳海？于是拨开人群，向那船员做了一

船上的午餐，相当给力

个纵身入海的姿势，配上一个疑问的表情。他在海里一个劲地点头，像是遇到知己那般激动。

虽然这个时节的海水温度还有点冷，虽然既没有带泳裤，也没有带毛巾，但我看不惯这种欲语还羞的扭扭捏捏。我觉得那个为博众人一笑而如此豁得出去的船员应该得到某种支持，我觉得人的一生，应该跳一次海。

那么就现在吧！跑上二层甲板，脱掉外衣，只剩下内裤和牛仔裤（为了防止跃入海中走光）。所有人的目光都聚拢过来，离海面有几米高，从未跳过水的我感到些许恐慌，但已经顾不得了。

箭在弦上，不得不发！

随着一个鱼跃，我纵身入海，水中那几秒，都在想刚刚的姿势是否帅气。但当头顶浮出海面，听到船舱里犹豫的人们全在拍手叫好，那一刻我知道，姿势不是重点，那份勇敢尝试的豪情才是掌声之源。

越南特色的单桨圆桶船，劳动人民的智慧总是那么高深莫测

跳"艳舞"的船员扔来一个救生圈，打开不知藏在哪儿的红酒，倒了一杯递过来。这意外之喜就是跳海的奖励。

我就这样躺在救生圈里，品尝着红酒，享受着所有看待英雄一般的眼神。

为第一个吃螃蟹的人，干杯！

选择观望？还是选择尝试？

都在于自己，没有人强迫。

尝试，也许会付出代价（比如冰冷的海水）。

观望，或者能保留片刻安稳。

但是惊喜，永远只出现在尝试之后（就如那杯红酒）。

青春，若不去疯，那些冒险的梦，又该怎样完成？

这就是独自旅行的不便之处，精彩的瞬间无人拍照，只能事后补上一张

西贡情人泪

　　我不知道是否有一天，珊娜的心上人也会回来，然后跟她说一段类似的话；也不知道曾经的那个形象是不是她最为之心荡神驰的一个形象。但这些都不重要，重要是未来的日子里，她能找到一种力量，支撑着生活更好地走下去的力量。

　　西贡往南几十公里，一个多小时车程，就是湄公河三角洲，这里尚存一种古老的 Floating Market（水上市场），时至今日仍然充满着奇幻的色彩。

卖土豆的船只。竿子上挂着土豆，表示卖得就是土豆

妇女、小孩、悬挂的衣服，这就是湄公河上的生活

　　每天清晨五点，天蒙蒙亮，河面上就开始挤满大大小小的木船，马达声、船桨声和水拍船舷的声音交织成一曲完美的交响乐，一直要进行到中午。

　　抛锚停泊在水中央的大船主要从事批发，各种货物把里舱挤得满满当当。船家会在船头挂一根长长的竹竿，船上有什么东西，就用细绳系在竿上。这样远远望去一目了然，省去了叫卖的繁琐。

　　批货的人会手划小船来到所需东西的大船旁，批足货物之后便悠然地离开，接着利用这错综复杂的水系网络将货物散卖到更小的买家那里。

　　这样的买卖周而复始地进行着，整个体系就像一台运转流畅的机器，而每艘船都好比其中一个小部件。

　　目光撇开那如火如荼的交易场面，会发现大船上既有玩耍的孩童，也有洗衣服的女人，甚至有倒痰盂的老妪。那里看上去不仅仅只是谋生的地方，更像是一个温馨的家。

卖西瓜的场景——稍大一点的船正在给小船散货

　　的确，每艘这样的船上都生活着一户人家，除了去陆地市场进货（大船的货从陆地市场引进），全家人从来都不曾离开过湄公河。无论是吃饭、睡觉、洗澡甚至上厕所，都在船上解决。

　　这种祖辈流传下来的生活方式被完整地传承了，他们没有陆地上的家，永远只是像浮萍一样漂在水上。但我想他们并不缺乏安全感，因为在这里，湄公河就是母亲，是归属。

　　下午三点，我走到来时下车的地方，按照司机的嘱咐，在此等候回西贡市区的车，可半个小时过去，仍然没有结果。我拦住几个年轻的路人（一般来讲，年轻人能说英文的几率会高一点）询问情况，却没有一个人能够听懂英文，当然也无从帮助。

　　正在这时，耳边响起一句清脆的中文："你好，请问需要什么帮助吗？"

　　我扭头一看，一个留着长发的年轻女子，五官精致，身材姣好，不折不扣的美女。不禁小心脏动了一下，于是笑笑，答道："我要回西贡，来的时候司机让我在此等候班车，可大半个小时过去了，这里根本没有班车。"

她微笑，嘴角有两朵小酒窝，显得更加好看了，说道："你肯定是弄错了，回西贡的班车要在另一条街的路口等，班车是绕着环形走的。"

"啊？看来在越南，如果不懂越语，真的要走不少弯路啊。"我苦笑着。

"谁说不是呢？正好我也要回西贡，走，一起去等车吧。"说完，她便带着我向另一条街走去。

刚走到那个路口，班车就来了，上车，坐定，我便礼貌地说："真是非常感谢，请问如何称呼您？"

"你叫我珊娜吧。"

"不错的名字，你的汉语怎么说得这么好？珊娜。"在我对汉字浅薄的理解中，"珊娜"算是个洋气的名字。

"因为我的先生是台湾人。"珊娜微笑地回答。

"先生？您是说您已经结婚了吗？看上去真的好年轻。"确实，如果单单从外表看，眼前这个美丽女子绝对更像个年轻姑娘。

"您过奖了，不瞒您说，我已经三十出头了，是三个孩子的母亲。"珊娜继续优雅地笑着。

"真是不敢相信，那您先生也住在西贡吗？"

"没有，他已经好几年没有回西贡了。"珊娜依旧微笑着，淡然得像个厌倦江湖风雨的侠客女子。

就这样，一句无意的八卦牵出一段令人心酸的情人故事：

十三年前，一个在西贡做红木生意的台湾男人偶然间认识了刚刚年满二十、长得倾国倾城的珊娜，于是每天送鲜花，请她去高档餐厅吃饭，看电影。

试想一个出身贫寒、未经世事的小女孩哪经得住一个英俊的成功男人这般猛烈追求？不久之后两人便坠入爱河，结为夫妻。婚后的日子很幸福，珊娜做起全职太太，每天在家学习汉语，打扫卫生，洗衣做饭，一心一意地做着妻子该做的一切。

直到第一个孩子出世后，残酷的现实才浮出水面，原来男人在台湾是有老婆的。珊娜哭着要求离婚，可是生意的本钱全来自婆家，离婚绝不可能。最终越南女人的传统观念以及对丈夫的爱使得珊娜选择妥协，继续和男人生活在一起，身份默默转变成为"情人"。

第二个、第三个孩子相继出世，可由于生意上的不顺利，男人回台湾的次数越来越多，直至五年前，彻底断了音讯。

男人走的时候除了一幢房子，什么也没留下，起初每个月还有生活费漂洋过海寄来。但渐渐的，生活费也没有了。

珊娜每日以泪洗面，没有经济来源又要抚养三个孩子，谈何容易？最后只能将那幢房子改成小旅馆，勉强维持四个人的生计。

转眼五年过去，最小的孩子也已经快到上学的年纪，但珊娜一直没想过再找个伴，她始终相信那个男人是爱她的，总有一天会回来找她。

我联想到杜拉斯的自传小说《情人》，讲述一个贫穷的15岁法国女孩和一个富有的30多岁中国男人发生在西贡的爱情故事。同样是一个年轻美貌，一个英俊富有；同样开始如蜜糖般甜蜜，过程是无休止的情欲，结局是各奔天涯的荒凉。

似乎每个与西贡有关的爱情故事都会伴随一段别样的凄美，都能让人如深陷泥潭般无法自拔。即使像杜拉斯这样放荡不羁的女作家（能说出"如果我不是一个作家，会是个妓女。"这样的话，必然是个放荡不羁的女子），也直到70岁的时候才将那段往事公之于众，也许只有到那般年纪，才能释怀那段曾经的西贡岁月吧。

书的末尾，杜拉斯写道：

"我已经老了，有一天，在一处公共场所的大厅里，有一个男人向我走来。他主动介绍自己，他对我说：'我认识你，永远记得你。那时候，你还很年轻，人人都说你美，现在，我是特为来告诉你，对我来说，我觉得现在你比年轻的时候更美，那时你是年轻女人，与你那时的面貌相比，我更爱你现在备受摧残的面容。'我常常忆起这个只有我自己还能回想起而从未向别人谈及的

著名的西贡大教堂

形象。它一直在那里，在那昔日的寂静之中，令我赞叹不止。这是所有形象中最使我惬意、也是我最熟悉、最为之心荡神驰的一个形象。"

　　我不知道是否有一天，珊娜的心上人也会回来，然后跟她说一段类似的话；也不知道曾经的那个形象是不是她最为之心荡神驰的一个形象。但这些都不重要，重要是未来的日子里，她能找到一种力量，支撑着生活更好地走下去的力量。

昆虫晚餐

聪明的柬埔寨人用不同的方法将它们捕获（比如水虱靠撒细网打捞、蟋蟀用灯火吸引等等），然后卖给小贩进行加工（主要是油炸后加点盐之类的调味品），接着就直接流入市场，成为柬埔寨人独爱的食物，就好比韩国人之于泡菜，越南人之于米粉。

走在柬埔寨首都金边街头，时不时就能碰到卖昆虫的小推车，车板上整齐地摆放着几排盆子，每个盆子装一种昆虫，每种昆虫带一抹色彩，看上去

金边大皇宫。皇室和人民，奢华与贫穷

眼花缭乱，极具视觉效果。

这些昆虫有的能叫出名字，更多的是见所未见的热带雨林特有物种。聪明的柬埔寨人用不同的方法将它们捕获（比如水虿靠撒细网打捞、蟋蟀用灯火吸引等等），然后卖给小贩进行加工（主要是油炸后加点盐之类的调味品），接着就直接流入市场，成为柬埔寨人独爱的食物，就好比韩国人之于泡菜，越南人之于米粉。

我和刘哥（刘哥一时兴起飞到西贡与我汇合，接着共同走了柬埔寨、老挝和泰国三个国家）都是那种极愿意尝试新鲜事物的人，面对这样的国家特色，怎么着也得体验一把。于是来到一辆小推车前，问摊主："这个昆虫怎么卖的？"

摊主抬头瞥了我们一眼，眼神中带着一丝不屑，接着摇摇头，不说话。

我以为是什么举动冒犯了，接着礼貌地问："麻烦，请问这昆虫是怎么卖的？"

摊主还是同样的动作，弄得我俩莫名其妙，琢磨着"莫非这昆虫不卖给外国人"这样的傻问题。

眼看交流无望，我们来到对面的餐馆，请来能讲英文的当地服务员，帮忙看看究竟是怎么个情况。服务员与摊主一番柬埔寨语交流，然后笑着解释："两位先生，摊主觉得你们外国人不会喜欢吃昆虫，到时候买了也是浪费，所以她并不想卖给你们。"

"哎呀，你不知道，我俩是中国的少数民族，平常也爱吃昆虫，这不，在越南一个月，没有吃到昆虫，可馋死我们了，快帮我们解释解释，朋友。"有时候，一点天马行空的胡说，能换来许多方便。

服务员与摊主又一番交流，接着继续翻译："不同种类的昆虫对应不同价格，蜘蛛、龙虱之类较难捕获的要贵些，而蟋蟀、蚕蛹等等，4000瑞尔（大约1美金）一牛奶罐。你们想怎么买？"

"每样来一点，估摸着算多少钱吧。"

没两分钟，每样昆虫都抓一点，装入一塑料袋，打包带走，5美金，还算公道的价格。我们来到那位服务员所工作的饭馆（我们到他这里吃饭，他帮

欢迎来到昆虫世界

我们翻译，这是事先说好的小小交易），找一张露天餐桌坐下，打开塑料袋，蜘蛛、蝗虫、蚱蜢、知了、屁虫、龙虱……

"你在犹豫先吃哪样吗？"刘哥看着眼神散乱，笑着说。

"不，我在想这些东西会不会吃坏肚子。"这是我真实的想法。

"管他呢，我们不是少数民族吗？哈哈！"说着刘哥笑出声来。

"哈哈，来来来，开吃开吃。"我也被逗得大笑。

我拿起一个龙虱端详半天，研究着该从哪个部位下口，最后朝着屁股一口咬下。白白的黏稠浆状液体瞬间溢满口中，炸松脆的外壳跟牙齿清脆地碰撞，细细品味一下，鲜嫩中带着香脆，还挺好吃。再尝别的品种，味道大同小异，大概是加工方法类似的缘故。

待到吃完一只小鸟、两个知了以及若干蝗虫、蚱蜢、龙虱之后，嘴里已经满是油腻，喉咙开始不自觉地抵抗吞咽这个动作，再也吃不下了。当然，刘哥也是。

正在发愁该如何处理剩下的昆虫，一个散乱着头发的小女孩走了过来，年龄大概七八岁，破旧的衣服早已千疮百孔，不时露出块块被晒得黝黑的皮肤。

"Money Please！Money Please！"她伸出乌黑的手，声音嘀咕着很轻，好像知道讨钱是件不光彩的事情，没有底气。

我无奈地摊开双手朝她笑笑，意思是没有钱。再拿起一旁剩下的昆虫，问她是否想要。

在中国很多地方，面对这样的情形，若你施舍的是食物而非金钱，恐怕乞讨者未必会乐意接受。但当小女孩接过昆虫的一瞬间，嘴角两朵可爱的小酒窝立马盛开，从那种如获至宝般的喜悦中可以看出她真的很需要这些食物。"Thank you！Thank you！Thank you！"她一面正对着我向后退，一面连说好几遍谢谢。

我的目光一直追随过去，小女孩并没有马上把刚要来的食物吃掉，而是交给了站在不远处一个女人。那女人同样穿着破烂，怀里还抱着一个婴儿，我猜该是她的母亲。

母亲拿出几只昆虫作为奖赏，随后将整个袋子藏了起来，看来生活真的很艰难，需要替明天储存一些。小女孩抓起其中一只昆虫往嘴里送，可不小心掉在了地上，蹲下，捡起，吃掉，三个动作一气呵成。我才明白，这里的

这样的东西居然是口中餐，想起来都觉得口味重

这个国家的很多人民，仅靠卖小东西给游客糊口

生活已经顾不得讲什么卫生。

这样的乞讨者并不是个例，即使在首都，也随处可见。怪不得很多人一提到柬埔寨，首先想到的就是贫穷。

"你知道柬埔寨为什么会如此贫穷吗？"刘哥见我一直盯着那个小女孩，淡淡地问。

"没错，这些愚昧的暴政几乎摧毁现有文明，知识分子几乎被杀绝，经济发展停滞，直接导致了现在的贫穷。"刘哥喝了一口啤酒，感叹："一个不尊重知识的国家，是没有未来的。"

"嗯"我应了一声，眼神依旧停留在那个小女孩身上，透过她，仿佛能看穿一个国家。

属于游客的吴哥窟

既然不能增加生命的长度，那么就尽量地去扩展它的宽度吧。让我们趁年轻，尽情地疯狂、撒野、做梦、行走！

8小时颠簸，于一个写意的黄昏到达暹粒市，市中心到处都是餐馆、酒吧、工艺品店和按摩店，一片灯红酒绿。

信步来到早已耳闻的"Red Piano（红钢琴）"餐厅。当年电影《古墓丽影》在吴哥拍摄，剧组成员每天都会来此用餐放松，后来随着电影风靡世界，餐厅便成了这座城市的一张名片，就像北京的全聚德一样。

这架就是当年安吉丽娜·朱莉经常弹奏的红钢琴

餐厅是一幢有200多年历史的法式二层楼，里头微红的灯光与褐色的木质桌椅相得益彰，让人感到一种淡淡的优雅。沿着扶梯走上二楼，一架色彩鲜艳的红色钢琴被摆在最醒目的位置，据说那时安吉丽娜·朱莉每天收工后都会来此弹奏一曲。

一种名叫"Amoke"的柬埔寨菜是招牌菜，5美金；而招牌酒是"安吉丽娜·朱莉鸡尾酒（一款特调的鸡尾酒，当时安吉丽娜·朱莉每天都要喝一杯，就以其名字命名）"，3.75美金。味道都不错，但价格要比别的餐厅贵大约30%，有了明星的广告效应，贵一点显得理所应当。

倚靠栏杆看外面熙熙攘攘的人群，各种肤色，各种国籍，感慨着若不是因为惊世骇俗的吴哥，他们怎么可能聚集于此？

夜晚回宾馆的路上被一个愁眉苦脸的Tuk Tuk（当地一种摩托三轮车）司机拦住，哭诉着家里很穷且有四个孩子要养，希望明天能够拉我们游览吴哥，这样就能赚点钱给孩子们买东西吃。那述说声泪俱下，那神情楚楚可怜，让人觉得如果不帮他简直就是罪孽，于是约好第二天早晨7点在宾馆门口集合，

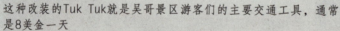

这种改装的Tuk Tuk就是吴哥景区游客们的主要交通工具，通常是8美金一天

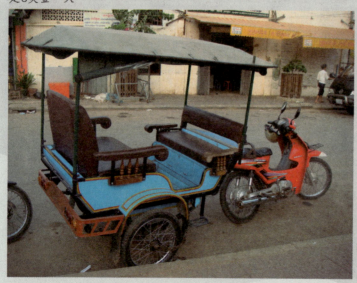

8美金一份柬式火锅——青蛙肉、牛肉、眼镜蛇肉、鳄鱼肉

眼看生意有了着落，司机道谢后便欢喜地离开了。

第二天按照约定的时间来到宾馆门口，除了一直躲在墙角的猫，连个鬼影子也没看见。由于没有电话，也不知道到底什么情况，就决定尝试性地等等。15分钟后一个穿着破白衬衫的年轻人开着一辆Tuk Tuk匆匆赶到，他解释说昨天晚上那个司机是他哥哥，今天本来可以按时到达，但来的路上临时拉到其他客人，就自顾先做生意去了，派他来代替。

得知真相后，我们顿时感到很懊恼，头也不回地去找别的车。这样的现实已经触及底线——诚信，是一切合作的根本。

后来知道在柬埔寨，被Tuk Tuk司机放鸽子是常有的事，他们一旦看到眼前利益，就会把约定抛出九霄云外，这也是柬埔寨如此贫穷的病根之一吧。

吴哥遗迹是一片分散废墟，从地形上看可分为三条线进行游览。内圈的吴哥窟、巴戎寺、塔布隆寺等是整个遗迹的精华所在；外圈的圣剑寺、皇家浴池等则不太闻名；而郊区的女王宫、崩密列等以雕刻精美著称。

正常游览需要3天时间，可以购买40美金的联票，票面上印有一张现拍的本人照片，很有纪念意义。

Tuk Tuk 悠悠地行进着，虽然现在为了方便游客，主要道路已经被修建成柏油马路，但两边的森林依然是原始的热带雨林，随便一棵树看上去都像有百年历史。我隐约感觉到150年前法国人穆奥发现吴哥时的那种兴奋。

最先到达的是吴哥窟。一道明亮如镜的护城河围绕一片郁郁葱葱的绿洲，绿洲正中的建筑就是须弥山金字坛——印度教传说中的世界中心。

金字坛的每一层都有围廊环绕，廊柱、石墙上面刻有浮雕，主要是名叫"阿帕莎拉"的仙女（有点类似于敦煌的飞天仙女），每一尊"阿帕莎拉"的表情、面貌、衣着都不尽相同，像是在参加一场盛大的晚宴。走在这里，让人不由感慨，一千多年前的雕刻技术就如此登峰造极。

从各个方向都能通往坛顶，但原有的台阶非常陡峭，需要手脚并用地爬上去，寓意着到达天堂之路需要经历许多艰辛。后来殖民时期有一位官员的夫人在攀爬过程中不小心坠落丧身，才在金字坛上修建了一条狭窄的扶梯。

顺着扶梯来到坛顶，微风带来绿色的清凉，眼前是无边无际静默的雨林，遥想当年，恐怕是一派车水马龙的景象，就像中国古代的紫禁城下。那时如日中天的高棉王在这世界的中心接受子民们朝拜的时候，可曾会想到，如此强盛的王国会在将来的某一天，顷刻覆灭？

如果说吴哥窟是吴哥遗迹的建筑代表，那么巴戎寺一定就是吴哥文化的灵魂归属。

49座尖塔上，一百多面静穆的微笑，无论躲在其中哪个角落，总有一面笑脸默默地注视着你。那感觉仿佛穿越历史，接受神王阇耶跋摩七世（传说笑脸刻得就是他的脸庞）的观见。

也许一千多年前的高棉人就已经知道，无论是文字或者器物，总有一天会随着王朝的消失而灰飞烟灭。于是他们用这些坚韧到足以击倒时光的磐石，堆积成最想留给世人的礼物，那就是"高棉的微笑"。

穿越塔布隆寺的过程是一场向生命行使的注目礼。

树木在石间发芽，生长，枯萎，再发芽……扭出各种不可思议的造型。电影《古墓丽影》中那标志性榕树像个精灵，将布满青苔的殿堂死死压在腋下，

高棉的微笑，无处不在

而分枝又像蟒蛇一样交叉缠绕，不留一丝缝隙。这样树石交融的场景已经足够震撼，但更特别的是一棵树里面微笑的佛陀脸庞。佛陀的身体已经完全被树木遮盖住了，但他永恒的微笑却依然透过树洞传递出来，让人心暖。

这是个引人深思的地方。树木可以这样静静地生长千年，而比树木生命短得多的人呢？一代一代出生、死亡、繁荣、没落……想着想着竟也有一丝悲凉。

既然不能增加生命的长度，那么就尽量地去扩展它的宽度吧。让我们趁年轻，尽情地疯狂、撒野、做梦、行走！

每次到达稍大一点的寺庙门口，都会有几个穿着破裙子、斜挎着单肩包的小女孩冲上来。她们会从你下车的那一刻起就像狗皮膏药一般紧紧贴上，接着用各种方法推销包里的纪念品（明信片、木笛子等等），直到确定你毫无购买的愿望才会离开奔向下一个目标。

这些都是穷苦人家的孩子，靠这种方式替爸妈分担一点生活压力。他们不曾上过学，却在日复一日地与游客交流当中，神奇般地学会了多国语言。

"买一个嘛，就一个。"有个小女孩知道我是中国人后，立马开始改用中文推销。

"没有钱。"我歪着头朝她努了努嘴。

"你有钱，你有很多很多钱。"小女孩接着不依不饶："一块钱，就一块钱。"

几轮对话后，我拿出一美金买下一盒明信片，并不是真的需要这东西，而是觉得要为她的生活做些什么。

而每次离开寺庙尾门，都会听到悠扬的音乐。

随着声音跟去能看见一支特殊的乐队：用木头搭起的小舞台上，队员们三三两两地坐在木板上，他们大多肢体不全或者视力有障碍，但这并不影响吹拉弹奏。舞台前零星地摆放着几个假肢，边上竖着一块简单的牌子，上面用中文、英文、日文等多国文字写着："我们是地雷受害者。"

柬埔寨全国有6万人受害于地雷，或死或伤，而伤者失去劳动力之后，只能靠这样的演出来赚些小费。他们不主动向游客要钱，但会对别人的慷慨表示感谢，他们展现出一种生命的张力，叫做自强不息。

夜晚，所有游客退回暹粒市里，吴哥又重新睡去，如同它曾经沉睡的千年一样。我突然发现，这里的一切，仿佛都只为游客存在，一声唏嘘。

江豚跳舞

望着大大小小的岛屿像星星一样散落在被夕阳映红的湄公河上，终于明白，为什么浪漫的老挝人会给这片神奇的地方取名为四千美岛，确实美，隐世之美。

"请问有去四千美岛的车吗？"售票窗口很矮，我弯下腰问，好让声音清晰地传递进去。

"有。"里头的中年妇女只应答了一个字，眼睛仍然专注于手里的账单。

"是哪一种车啊？"我接着问。

"Mini Bus（迷你巴士）。"中年妇女抬起头朝两点钟方向挑了挑眉毛，意思是看那儿。

顺着她的目光望去，顿时傻了眼。所谓的迷你巴士其实就是一辆略作改动的小货车，车厢双侧安装了两排狭窄的木板，当做乘客的座位，而顶部则

这就是那凝结了老挝人民智慧的迷你巴士

焊接了一个布满各种涂鸦的雨棚，遮风挡雨的同时还有托运行李的作用。

如此犀利的发明创造固然体现了老挝人民的伟大智慧，但刘哥质疑它的安全性，而我也深深地怀疑这玩意是否能将我们带到四千美岛。

正当我俩纠结的时候，一对白人背包客干脆利落地上了那辆迷你巴士，看样子非常确定车的目的地。我俩上前打探虚实，果然也是去四千美岛的，便毫不犹豫地也坐了上去，跟着他们肯定没错，因为他们手里拿着万能的《Lonely Planet》。

随着出发时间的临近，上车的人越来越多，车板中间又加了一排长长的小木凳，这样又增加不少座位。小木凳上的人向着两边分坐，正好与两侧木板上的人四目相对，由于空间有限，双方距离非常近，这样的相对着实有点尴尬。

待到车内再也容不下半个人，迷你巴士终于缓缓开动了。这时令人咋舌的一幕发生了，七八个年轻人不知从哪里冲了出来，跳上车尾那个外挂的铁架子，原来他们才是最后一批乘客，买的是"站票"，不，应该是"挂票"。

司机是个彪悍的中年汉子，每一脚油门都踩到底，而每一脚刹车也踩到底，大概只有这么做才能控制住这辆快被压垮的车吧。这样的驾驶风格引起很大的惯性，车内的人们只能随着司机的节奏不断地大幅度左右摇摆，非常难受。

而反观那些"外挂的乘客们"，丝毫不在意这样野蛮的加速减速，时不时还唱着当地歌曲，看上去兴奋极了。只是我们这些"没见过世面"的外国人替他们捏一把汗，要知道最边沿的人可是"金鸡独立状"，万一不小心踩空可是会出人命的。

这样的狂奔持续了4个多小时，终于在黄昏时到达目的地。下了车，眼前除了些破旧的木头房子，就剩一块脏乱的河滩，我和刘哥顿时很失望，这就是四千美岛吗？究竟美在何处？

我们还在发愣，那对白人背包客便招呼道："Then by boat.（接下来坐船）"才知道原来真正的目的地还未到达，于是又一起来到不远处的码头。

船是一种体型修长的木头船，靠马达提供动力，行驶起来飞快，仿佛一支锋利的箭将水面劈开。15分钟的船程过后，一片纯净的沙滩映入眼帘，沙滩上几乎清一色的白人游客，年轻人躺在上面喝啤酒，小孩则在水里嬉戏，一切充满了祥和的气息。

　　这就是东德岛，四千美岛中主要的居住岛，岛上旅馆、餐厅很多，当地人和外国游客和谐地生活在一起。由于刘哥对住宿要求比较高，我们选择了一家叫做"Sunset（日落）"的酒店，30美金的房价，在这里算是很奢侈了（一般旅馆都在8美金以下）。

这种小竹楼，只要4美金一天，是穷驴们的不二选择

　　奢侈的价格换来的是奢侈的美景，酒店的观景台正是看日落的绝佳地点。望着大大小小的岛屿像星星一样散落在被夕阳映红的湄公河上，终于明白，为什么浪漫的老挝人会给这片神奇的地方取名为四千美岛，确实美，隐世之美。

　　夜晚出去觅食的时候遇到一个皮肤黝黑、身材高大的当地年轻人，他是一名皮划艇向导。他说明天要组织了一个9人团队划着皮划艇去探险，正好还有一艘艇空闲，问我们是否想要加入。

　　见我俩犹豫不决，他又强调到时候会有绝对的惊喜。为了那个绝对的惊喜，我们决定加入。

　　次日早上8点，沙滩上早已准备好六艘皮划艇，团队中除了我们和那名向导，其余全是白人游客。

穿好救生衣，戴好头盔，简单地学了如何划桨，人生中第一次皮划艇之旅就这样开始了。

刚开始的时候划桨很轻松，轻轻地左一扒，右一扒，皮划艇就顺势向前行进了。一滩滩长满绿树的小沙洲如同一幅幅静谧的油画从身边掠过，偶尔垂挂的枝条会碰到头盔，发出"噼噼啪啪"的声响，恍惚间误以为身处亚马逊丛林。

恬静的湄公河呈青绿色，稍稍靠近岸边的地方就清澈见底。水草在里面悠扬地舞动着身姿，而小鱼儿则非常配合地穿梭期间，两种不同的生命共同跳起一支华美的探戈。不划桨的时候，若侧身将手臂整个戳入水中，那些调皮的小鱼儿便会用它们的小嘴来啄手指上面的皮肤，这种纯天然的"鱼疗"非常舒服，不由心中暗喜。

慢慢地随着行驶里程的增加，划桨的频率越来越低，嘴里喘着粗气。幸亏此时划行告一段落，大家集体上了岸，步行去看一处瀑布。那就是孔恩瀑布，号称东南亚水流量最大的瀑布。

还未见到瀑布，就已听闻那震耳欲聋的水流声，一个转角过后，眼前的遮挡全部消失，只见上百米宽的河面上伫立着一尊尊形状各异的巨大磐石。水流冲击着前一块磐石激起半米高的水花，接着又义无反顾地奔向下一块，更猛烈的撞击，激起更高的水花。

虽然瀑布的落差不大，但这些翻滚奔腾的水花交相辉映，仿佛千万匹骏马同时嘶吼，那架势足以摄人心魄。所有人都不自觉地惊呼："So amazing（真难以置信）！"的确，这是大自然创造的神迹。

接着往下游走，没有了高度落差，水势又渐渐变得平缓起来。不多久来到一处乱石林立的岸边，每一块石头距离水面都有数米高。正是这里，一段永生难忘的漂流等待着勇敢的人们，大家不借助任何道具，只是把自己完完全全地丢给自然。

向导带头将所有随身物品（拖鞋、眼镜等等）装入事先准备好的防水袋，接着将防水袋绑在身上，一个鱼跃跳入水中，只听他在水中大喊："Middle

声势浩大的孔恩瀑布，是东南亚水流量最大的瀑布

Middle"，意思是跳下去之后尽量往河中央游，才能避免水下那些暗礁。

较高的起跳点（从三五米高处跳下去总归有些害怕，尽管知道下面是水）和快速流动的河水（尽管相对于瀑布，这段算是缓和的了，但仍然有着相当的流速）使得所有人心生胆怯，磨磨蹭蹭地谁也不肯先跳。在芽庄就当过"跳海狂徒"的我此时又一次做出了表率，第一个跳了下去，紧接着刘哥第二个跟上，两个中国人给那些白人上了一课，课题名叫做"勇敢"。

由于水流的存在，根本不用动，就飞快地往更下游漂去。唯一能做的只是控制好身体姿势，避免被乱流冲向靠近岸边的礁石，否则按照那个速度撞击，至少就是骨折的后果。

突然，眼前出现一道小型瀑布，还没来得及反应，溅起的水花就不断地向着脸面鼻孔打来。我呛了两口水，奋力地探出头试图呼吸一口空气，可是立马又被水花拍入水中，如此往复两轮，依旧没有得到半口氧气，我感受到了死亡的威胁。

再一次沉入水下，脑子一片空白，只是不断地问着自己："真的要这样死了吗？"

正当快要放弃的时候，水流突然变缓了，我探出头贪婪地呼吸着氧气，庆幸着那段小瀑布终于过了，庆幸着自己还没死。但此时又马上惶恐地想到另一个问题："刘哥呢？这样的一波能不能顶住？"可是水流早已经把大家冲散，看不见半点影踪。

大约15分钟之后，水流彻底平稳了，我用尽全身力气几乎颤抖着爬上岸。一见到向导便抓住他拼命地说："快去救我的兄弟！快去救我的兄弟！"

向导朝我笑笑接着指指右手边，刘哥正在不远处的岸上喘着粗气。心中的大石头落下，顿时瘫倒在沙石上。

此处水流舒缓，清风拂面，景色秀美，视野开阔，看不到半点人类活动的痕迹，真的是一块风水宝地。而我们来此的目的正是为了体验那个绝对的惊喜——伊洛瓦底江豚。

这种身长两米多的灰色江豚对生活环境的水质要求极为挑剔，目前全世界仅存150只左右。也只有在老挝柬埔寨交界处，这样最原始的地方才有机会看到，并且一旦目睹，就是一场视觉盛宴。

所有人都精疲力尽地躺在太阳底下，等待着江豚的出现，20分钟过去了，江面依然平静地激不起半点涟漪。向导在一旁安慰道："要有耐心，要有耐心。"

突然，江面上响起"啊呜，啊呜"的声音，短暂而清脆。马上，第一只江豚猛地跃出水面再落入水中，溅起浅浅的水花，演出的序幕就此拉开。紧接着，第二只，第三只……它们有时一同跃起，有时独立成行，像是在随意地相互玩耍，但若稍加一丝浪漫的想像，便会觉得它们更像是在跳进行一支精心编排的舞蹈。

所有人都兴奋地喊着"Oh my god！Oh my god！"似乎这是有生之年见过的最惊艳的表演。

在工业繁荣的今天，这个世界的绝大多数地方都已经饱受各种污染的摧残，越来越多的稀有生物走向灭绝。唯有这些极少数的地方，仍然像个天堂，江豚的天堂。善良的老挝人民本着佛陀之心，发誓不去惊扰它们的生活，才让这些精灵般的生物得以继续繁衍。

古人云："世之奇伟、瑰怪、非常之观，常在险远，而人之所罕至焉，故非有志者不能至也。"的确，熬过迷你巴士挤肉酱般的 4 小时后来到四千美岛，已属不易；而划完皮划艇，再经历生死漂流来到这片隐世的仙境，更加不易。

但当亲眼看见那些跃出水面的美丽身姿，亲眼看见那些毫不加修饰的景色，亲眼看见这个世界还有如此原始的地方，一切都值得了。

一天的划行，精疲力尽

琅勃拉邦的布施

伴随着最后一拨僧侣穿街而过，今天的布施结束了，人们纷纷散去，不留下一点痕迹。那些贪睡的懒汉，哪能知道琅勃拉邦的灵魂，只在清晨跳舞？

琅勃拉邦是一座群山环绕的小城，虽然面积只有小小的 10 平方公里，却已存在 1000 多年。它不仅是老挝的佛教中心，也是历史上许多朝代的都城，其地位类似于中国的西安。

骑着自行车穿梭在这座古城的大街小巷，深褐色的古建筑比比皆是，虽然如今这些建筑很多已经被改造成了餐厅、商店或者旅馆，但都仅限于内部动工，仍然保留了沧桑的外表。所以如果你无意中经过一家门面看上去朴实无华的旅店，一问价格却是骇人的上百美金，那么请不要惊讶，或许它里面的设施正是带着游泳池的五星级标准。

每隔不长的一段路就能遇见一座寺庙，都是尖尖的稻棚式建筑，门口有两条怪异的长龙守护。有的规模较大，外墙壁以金色为主，点缀着七彩玻璃，阳光照射下熠熠生辉；有的规模甚小，直接把外墙漆成黑色，看上去也是庄严肃穆。

走进寺庙，榕树遮天，草木茂盛，与门外车来车往的马路相比，这里就像炎炎浊世中的一抹清凉。小沙弥正埋头扫着地上的落叶，举止从容，神态安宁，这是每天必做的功课之一，佛性，需要从生活中的点点滴滴去感悟。而长老们则在大殿里安静地打坐，他们修炼的境界，该已经无欲无求了吧。

佛门清净地，这样的拜访最好适可而止。于是恭敬地退出门去，心中默念一声"阿弥陀佛"。

天气炎热，路边散落着很多鲜榨果汁的小推车。削好的水果被切成小块放入透明的塑料杯中，接着拥有了色彩的塑料杯又被整齐地叠放在自制的小木架上，层次感分明。

水果的组合千奇百怪，西瓜配火龙果，番石榴配香蕉，老挝人民用这些奇思妙想的搭配将各种陈旧的滋味融化成新的口感。

老板会熟练地取下你中意的那杯，打开塑料盖子，将果肉倒入榨汁机里，加点冰，启动按钮，两分钟时间，果肉就被打成黏稠的果汁，重新倒入那个塑料杯中。

美美地吸上一口不添加任何防腐剂的果汁，从嘴巴到喉咙再到胃里，每一个器官都得到了冰爽的滋润，身体的疲惫也就消散了大半。

晚餐在当地大排档解决，一条隐秘的小弄堂往里走一些，就是人声鼎沸的另一种场面。食客们以当地人为主，偶尔也会碰见手持《Lonely Planet》的外国游客，而我们没有指南书照样找到了这里，不得不感慨："有时候寻觅当地美食，需要一种天分。"大排档都是些老挝菜和烧烤，巨大的罗非鱼被夹在两根扁木棒之间，待烤到汁液"哧哧"地往外冒时，再加些特制的辣酱，便能上桌了。

和当地人同桌享用的晚餐总是充满着异国风情，容易引起时光交错的幻觉，想像着家乡的朋友们，此时又会和谁一起，享用什么样的晚餐呢？

那天回去之后就早早地睡了，因为翌日清晨6点，在琅勃拉邦最繁华的"Sisavangvong"街两边，有一场沿袭千年的佛家文化活动等待着我们，那就是布施。在老挝，寺庙是不生火的，所有食物都来源于信徒们的施舍供给。

清晨5点多，东方刚露出鱼肚白，我们便轻手轻脚地出了门。大街上阵阵的糯米香飘

这样的烤鱼虽然看上去不太卫生，却格外美味

天刚亮，虔诚的信徒就已经席地等候

来，袭得人困意全无，早就听说琅勃拉邦的清晨是从糯米香中开始的，看来此言不虚。

还未到达布施地点，就已经被几拨小贩拦住，推销糯米饭团和粽子。但我们都婉言谢绝了，一来布施终究只是当地人的传统，我们这些游客，能静静感受便已知足；二来即使想要参与布施，也应当提前准备食物，不该临时在小贩处购买。

5分钟后来到布施的中心地带，时间还未到，步行道上零零散散地铺着地毯，上面摆满了秀气的竹编盒子，里头装着糯米、粽子、香蕉甚至糖果等食物，应有尽有。这些食物都是老挝人每天凌晨准备的，然后挑选第一勺饭菜施予佛门，余下的才自己食用。

参与布施的信徒当中有穿着当地服饰的中年妇女，也有头发花白的老人，甚至有金发碧眼的外国人。他们肩上都斜披着绶带，脱了鞋之后席坐在地毯上，静静地等待着布施的开始。

突然，所有信徒齐刷刷地换了种姿势，双膝跪在地毯上，手里端起装着食物的竹编盒子。远处出现第一批橘红色的身影，一字形排开，慢慢靠近人群。布施开始了，翻表一看，6点整，不差一分一毫。

　　僧侣们用一根绕在肩膀的带子将装食物的铜钵固定在腰间，走过之处，僧袍摩擦出"沙沙沙"的声响。信徒们忙不迭地将糯米团捏成小小的一块块，恭敬地放进每一个划过眼前的铜钵中。收到食物的僧侣们面无表情，既不表示感谢，也没有任何的不安，就像是在例行公事，不，应该说本来就在例行公事。布与施，都是佛祖在上千年前就安排好的，如今只是沿袭罢了。

　　围观的游客纷纷按动快门，发出"咔嚓咔嚓"的声响，但又都很懂规矩，既不挡住僧侣们行进的路线，也不开闪光灯，只是默默地记录下这虔诚的一刻。

　　一排排的僧侣队伍经过，中间会有一定时间的空隙，这代表着每支队伍来自不同的寺庙。在老挝，每个男人一生中必须剃度出家一段时间，少则几天，多则数年。所以就琅勃拉邦而言，光是市区就有30多座寺庙，3万人口中有

偶尔也会有常住于此的外国人参加布施

僧侣再把食物反施给这些跪着的穷孩子们

几百名僧侣，尽管数量众多，但信徒们准备了足够的食物，一圈轮转，铜钵里便已经快装满了。此时，僧侣周围会出现一群穿着破烂的小孩，拿着厚厚的塑料袋，亦步亦趋地跟随着，僧侣们顺手抓起一把刚刚得到的食物，放入他们的塑料袋中，完成另一种布施。这些都是周围最贫困人家的孩子，而那些家庭每天的食物基本就来源于此。受和施的角色在这样温情的瞬间被轻易地扭转了，这静静的转换体现出佛家的精髓，那就是慈悲之心。

　　伴随着最后一拨僧侣穿街而过，今天的布施结束了，人们纷纷散去，不留下一点痕迹。那些贪睡的懒汉，哪能知道琅勃拉邦的灵魂，只在清晨跳舞？

水世界

突突车熟练地在街道中穿行，带领我们前往预订的酒店。拐过一条街后，前方的景观让我们大吃一惊，虽然天空晴朗得万里无云，但是无论墙壁上还是马路上，无论车辆还是行人，都被笼罩在一个铺天盖地的水世界中。

"对不起，你们没有返程机票和酒店预订，不能获得落地签证。"清迈机场签证处的工作人员非常官方化地对我说。

"什么？那有办法补救吗？"我开始为自己没有做好功课而懊悔。

"有，你可以在机场现买，但请先出示你的现金，以确保够两张机票钱，否则你们会被遣返。"工作人员的表情依旧严肃。

"好，那我们买。"这最后的救命稻草，绝无放手的可能。

于是买票，退票，逢场作戏，损失 400 泰铢，换来泰国境内 15 天的停留，这场小小的闹剧掀开了泰国篇的序幕。

走出机场，坐上最泰国的交通工具"突突车"（一种车身被漆成鲜艳色彩的三轮摩托车，因加速过程中引擎会发出"突突突"的声音而得名，在泰国大街小巷随处可见），交通规则变成了与国内相反的靠左行驶，看着迎面而来的车辆，总觉得快要撞上，非常不习惯。

道路两边时不时伫立着 3 米见宽的广告牌，不是为了宣传某样产品，而是挂着泰国国王普密蓬的巨幅照片。这些照片中有的是僧人形象，有的是医生形象，当然最多的是穿着金色斗篷的国王形象，如此高的出镜率足以展现出泰国人民对他的尊重和爱戴。于是也能够理解，为什么这位精通语言、音乐、机械、快艇等诸多领域知识的国王能够成为世界上在位时间最长（66 年）的国王。

突突车熟练地在街道中穿行，带领我们前往预订的酒店。拐过一条街后，前方的景观让我们大吃一惊，虽然天空晴朗得万里无云，但是无论墙壁上还是马路上，无论车辆还是行人，都被笼罩在一个铺天盖地的水世界中。

正在想到底发生了什么情况，一桶水就猝不及防地从右侧泼了进来，衣服、背包立马湿了大半。

我们被这突如其来的"袭击"弄得有些愤怒，正要下车理论，却发现泼水的是个七八岁的小男孩，正咧着嘴哈哈大笑，两颗缺失的门牙让那份纯真变得更加可爱。而他的父母也在旁边一面腼腆得笑着，一面双手合十善意地用"萨瓦迪卡"（泰国语"你好"的意思）打着招呼。这一切看上去非常温暖，根本就不像是场恶作剧。

这时候突突车司机大笑着说："你们来的正是时候！"

原来每年的 4 月 13 日到 16 日，是泰国传统新年，即"宋干节"，更形象的说法是"泼水节"。节日里，泰国人民会在大街小巷设满据点，相互泼水以表达最诚挚的祝福，泼得越凶越狠，祝福也就越深。所以那些天里如果有人不湿身，那绝对不是个好兆头，而今天正是节日的第一天。

欢乐的真相水落石出，我们回以小男孩一个大大的笑脸和一句响亮的"萨瓦迪卡"，接着就用身体护住背包，一路穿过"枪林弹雨"，来到目的地酒店。

戴上面具，立刻回归童真

在水中加入大块的冰，杀伤力随着寒冷瞬间升级

各种水战装备，可随时随地购买

卸下行李，我们就出门了。先是走到转角的小店买了一只防水袋，用来装钱和相机，接着又到路边小摊买下两把水枪和一只水桶作为武器，就这样华丽丽地出发参与"战斗"了。

清迈是泰国北部第一大城，也曾经长期作为泰王国的首都，因其山青水秀外加佛塔古迹众多而被称为"北方玫瑰"。游客们主要活动在 360 平方公里的市中心古城区，古城外即有一条十米见宽的护城河环绕，正是因为这条河提供源源不断的"水弹药"，沿河的一圈道路就变成了泼水节的主要战场。

河边每隔几米都会放一只一两吨容量的大水桶，每个水桶即为一个据点，参加泼水的人们从中汲取"弹药"，然后快乐地投入到一轮一轮的"战斗"中去。每当大水桶里的水快要见底，总会有人自觉地用小水桶将河里的水一桶一桶地抽上来补充进去。

马路中间，行走的人和像蜗牛一样爬行的汽车早已混在一起。汽车多半是皮卡车，后车板上围着五六个快要 high 翻的人，而中间则霸气地备着两大桶的水。为了防止车内进水，驾驶员将玻璃窗户全部摇上，但即使这样，车内音响传来的迪斯科音乐仍然震耳欲聋。

人们用的"武器"多种多样，小孩和女士一般会用水枪这样的"常规武器"，只是过过瘾就好，并非真正想造成多大杀伤。而男人们更倾向于喷水柱或者水桶这样的"大规模杀伤性武器"，因为这些装备更能体现出自己的力量优势。

皮卡车上的人们，究竟要如何地high？

就这样，车上的人们舀一勺水奋力地洒向路上的人群，换来一阵尖叫。可路上的人们哪里肯白受"欺负"，立马集体围上连人带车一通猛泼，见车上的人们纷纷蹲下呈抱头状，才肯饶过他们，欢笑地等待着下一辆车的到来。

我们选择一处中心地点，开始真正地参与其中。甭管是谁，只要逮住机会，就是劈头盖脸地泼上一桶水，反击很快会到来，接下来就剩躲避了。

对面有一个年过半百的白人老头穿着沙滩裤，肩膀上背着两把水枪，表现异常活跃。每次他都不自量力地一个人跑到我方阵前发动"近距离攻击"，打完一把水枪换另一把，待到"弹尽粮绝"，才肯怏怏然地回去。

其实老头也知道这样的攻击毫无成效，因为每次还未等到瞄准，便有连绵不断的水直冲他的脸部，根本就睁不开眼睛，但他还是乐此不疲，只为寻找那种"战斗"的感觉。

几次下来,他在对面挑衅起来,意思是怎么我方没人敢去他的阵地发动"攻击"?这样的挑衅岂能忍受?此时我便毅然决然地站了出来,拿着两管装满的喷水柱就冲了过去,两边的人同时发出喝彩,喝彩中带着强烈的幸灾乐祸的味道,因为又有一个人要"牺牲"了。

果然,才走到一半,便已经有水迎面泼来,顶着"子弹"继续前进,敌人的攻击越来越猛烈,眼睛已经完全没有办法睁开。

趁一个短暂的间隙,我瞄准刚刚那个老头,猛地将喷水柱中的水全部打向他,很幸运,我得逞了。但随之换来的是一轮更猛烈的回击,终于抵挡不住,落荒而逃。

回到我方阵营,转身看见老头正朝我竖起大拇指哈哈大笑着。那一刻,我知道,无论是像他那样的老年人,还是像我这样的年轻人,都蜕变成同一种人——无忧无虑的孩童。

全城狂欢进行时

这样的外国人还有很多，他们的打扮千奇百怪，他们的想法妙趣横生，他们甚至玩得比当地人还要 high。幸运的是当地人大度地接纳了无论来自哪里的游客，而渐渐地，泼水节也不仅仅只是泰国人的节日。

夜晚 8 点过后，夜色已经完全将清迈笼罩，但仍有零星的"部队"活跃着。我们来到清迈最有名的夜市寻找美食，果然没有失望。

巨大的鱿鱼被切成长长的条状，用炭火烤熟后涂以特制的辣酱，非常入味；生鲜的螃蟹和虾被同时放入一个石头小缸里，加上些蔬菜调料，接着用一根木棍搅拌均匀，美味可口；黏性十足的糯米饭配合新鲜的切条芒果，加点炼乳，甜而不腻；还有加入香蕉、巧克力酱和鸡蛋的飞饼，煎完之后切成方便的小块，松脆香浓。

每一样都带着无可抗拒的诱惑力，美食，永远是对旅行最好的犒劳。

吃饱喝足，意外地发现了露天 Massage（按摩）。简易的椅子铺上毯子，整齐地一字排开，多半座位已经被占据，这里生意火爆。在这泰式按摩的故乡，如果不好好体验一把泰式按摩，那才叫不解风情。

才坐定，便有妈妈级别的中年女技师微笑地迎了上来，她们有着丰富的按摩经验，穴位和力度都掌握得相当精准。一番拉拽揉捏，一天泼水狂欢所积累的疲劳就化解了大半。按摩收费是每小时 150 泰铢（约 30 人民币），不过是国内标准的五分之一。

泰国的第一天，用最泰国的泰式按摩画上句号，完美无瑕。

我从来不会刻意地因为某个节日而去改变行程（况且我这样的长条旅程也很难完美地计划好）。对我而言，如果碰上了，那就好好感受；如果没碰上，那也无所谓。

而在清迈，就这样与"泼水节"完美地邂逅了。这叫做，缘分。

我的和尚朋友们

倘若不是真的在那里生活过，就不会知道佛对于缅甸人民来说意味着什么，也难以想像信仰的力量有多强大。你会意识到，在这个世界的某些角落，佛教还欣欣向荣，古老的信仰还未被取代。

飞机缓缓降落仰光机场。

虽然早在 2005 年，缅甸就已经将首都迁至中部城市内比都，但在所有人眼中，仰光依旧是缅甸的政治、经济和文化中心，几乎所有的国际航班都降落于此。

缅甸的军政府这期间关闭了与毗邻国家连接的全部陆地口岸，飞机成了进出缅甸的唯一方式，仅仅一个小时的行程，却让人仿佛进入了另一个世界。如果说光彩明亮的曼谷像一个生活在现代的幸福小孩，那么仰光就好似一个

缅甸特色的人力三轮车，如果生意不错，车夫每天可赚二十几块钱人民币，但和尚一律免费乘坐

63

随处可见这些供路人饮水的瓦罐

被上帝遗忘的孬孩子。整个城市呈现出黄蒙蒙的景象，几乎要让人以为连空气中都漂浮着大比例的尘土。

倘若时光倒流几十年，不知曼谷是否也是如此？

也许这就是旅行的魅力，过去与现在、贫穷与富有，混在时间的斑驳里一同感受，那差异的冲击足以成为震撼，此生若能一直这样走下去，也是幸福。

我的邻座是一个名叫"芒"的缅甸小伙子，大概二十出头，留着寸头，瘦削的脸上一双大眼睛格外有神，笑容纯真如同孩子，几番交流后我们便熟络起来。

"我的哥哥是仰光寺院的老板（他用了"Boss"这个词），你若不介意可以和我一起去住。"得知我还没有住的地方，"芒"发出了诚挚的邀请。

"Boss？"我诧异地想莫非和中国一样，缅甸的寺院也承包给有钱老板？

"不不不，是主持（这次他用了"Leader"这个词）。"他发觉用词不当，自己也乐了，傻傻地咧着嘴。

"那就多谢啦。"能够随着当地人去体验当地文化，这样的机缘对我来说简直就是求之不得。而至于那些潜在的危险，早就被甩出九霄云外，国内的5个月流浪经历练就了我随遇而安的个性，愿意将自己完完全全地交给这

我和"芒"

个世界。

出了机场，"芒"示意我别说话，和出租车司机攀谈几句后就带我上了车。原来和大多数落后地区一样，这里的司机如果接到外国人，就会索取 3 倍的价钱。我不禁暗赞外表稚嫩的"芒"其实社会经验丰富，毕竟，对于一个常年在国外打工的人来说，没有社会经验便是自取灭亡。

Taxi 全是 20 世纪 90 年代日本的废弃车辆，被低价转手到了缅甸。仪表盘的按键已经被抠空，能看见里头裸露的电线；方向盘和档位都生锈得厉害，看上去司机要花大力气才能扭动，车窗非破即残，几乎完全没有封闭起来的可能性。打着火，引擎发出"嗤嗤"的响声，伴随着车身强烈的抖动，我产生了一种随时会抛锚的错觉。

20 分钟后，我们顺利来到一排米黄色建筑前。门口左侧的水泥石板上摆放着一个水坛，坛口挂着一只塑料水瓢，小乘佛教意指能为口渴的路人提供一口水是莫大的功德，所以在缅甸，这样的水坛随处可见。大门楣上题着缅甸文的寺院名字，尾款 1987 的阿拉伯数字显示了这座寺庙与我同龄。

按照规矩，进入寺院之前是要脱鞋的，这样的佛教礼节，在当地非常重要。恭敬地脱鞋入院，一口巨大的水井首先映入眼帘，它就在椰子树、槟榔树和月季花中间，闲适惬意。往前走，左边是几间简单的砖瓦平房，空荡荡的没有什么家具，分别承担了礼佛堂、餐厅和厨房的职责；右边是木结构的僧舍，低矮的灌木丛齐至窗台，看上去更高级一些。而澡堂和厕所在这排建筑的最尾端，一切都显得井井有条。

"芒"的住持哥哥是个 30 多岁的魁梧大汉，若十个中国人见了他，大概有九个都会立马联想起《水浒传》中的鲁智深。刚见到我，他脸上的表情甚是疑惑，疑惑中带着一点点的防备，但随着"芒"的解释，渐渐转化成欢迎的微笑。他领我进了一间 30 平米左右的木屋，屋内一张桌子 6 把椅子，有床有电扇，这就是我在寺庙的家了。

寺院里共有八九个僧人，听闻破天荒地来了个外国友人，都按捺不住好奇之心，纷纷跑来我的房间打招呼。从未受过英语教育的他们虽然只是不停地重复着"Hello"，但从那些充满着善意、热情和欢笑的脸庞可以看出，我已经被完完全全地接纳了。

晚餐非常简单，豆角、蔬菜、各种酱料还有米饭，这些都来自于周围人家的供养。缅甸人民依旧秉承着最原始的进食方式，既不使用筷子，也不使用刀叉，单纯地用手抓饭。我自然入乡随俗，洗净手后围着低矮的圆木桌子盘膝而坐，想吃什么菜就用公用勺子盛一点放到自己的碗里，接着用除却小拇指外的 4 个手指抓起送到微仰的嘴里。别看过程简单，实施起来可有些

寺院的住宿区

难度，总有些米饭会在入口的瞬间漏出来，惹得大家偷笑，当然那是种善意的偷笑。

天气燥热，饭后冲凉成了一天中最撒欢的事情。澡堂其实就是个用水泥砌成的长方体蓄水池，只不过顶上装了雨棚，水池边横放着几只碗大小的水瓢。

我学着僧人们的样子用水瓢打水，接着从头往下淋，由于习惯了淋浴喷头，这样的方式还是让我的动作看上去有些别扭，于是乎又惹来一阵笑声，可我却非常享受这样的"嘲笑"。

突然间一水瓢水迎面泼来，等我抹掉盖在眼帘的水，看见对面一张稚气的脸庞正在得逞地大笑着，原来这是在跟我戏耍呢。我立马予以回击，结果全部人都参与了进来，整个水池瞬间变成了欢闹的战场，就仿佛回到了泰国的宋干节。

想想这些僧人就算平时修炼得再严谨，也只不过是些20出头的少年，总有调皮的一面。而我喜欢这样的调皮，因为这代表他们并未把我当做外人。

除了看电视和嚼槟榔（缅甸人民的最爱，在蒌叶里卷上切成小颗粒状的槟榔和贝壳粉，接着放在嘴里只咀嚼，不吞咽，红色的水被一口一口地吐出来，会产生一种飘飘然眩晕的感觉），一种叫做"Tiger"的棋成了僧人们为数不多的晚间娱乐。住持是这里当之无愧的第一高手，即使让出两颗棋子，也没有人能赢他。

他们战斗，我从旁仔细研究，发现玩法有点类似中国的跳棋，僧人们见我理解了规则，便起哄着让我和住持过招。可想而知，面对这样的高手，被打得落花流水是唯一的结局。

不过几盘过后我已领悟到一些关键，住持提出让我两颗子，被我断然地拒绝了。输赢没所谓，但是对于任何比赛来说，公平都很重要。那一瞬间，我注意到他看我的眼神变得与之前有些不一样，带着一点点的欣赏，也许因为从没有人拒绝过这样的相让。

好不容易，我终于赢下一盘，僧人们开始欢呼，透着一种以弱胜强的欢欣鼓舞，这大概能当做一个理想主义者的励志故事吧。

这些僧人朋友当中，与我最要好的该属"尚立"，他的脸上总是挂着和善的微笑，明快中带着一丝憨厚。十岁就出家，如今已是而立之年，我曾问他是否打算还俗，他说此生只愿做个虔诚的僧人。

　　每当有空，"尚立"就会来我房间小坐，喝茶聊天，而"芒"就成了我们的翻译。强烈的求知欲使得他总是抛出各种古怪的问题，比如"如何学好英语？"当时真心觉得能问出这个问题的僧人不简单。

　　每天早晨僧人们都会去各自固定的人家化缘，在缅甸，能够供养一个僧人亦是件功德无量的事情。而僧人们只专心修佛，从不沾钱，即使买东西，他们也只是摊开钱袋，让店家自行取钱。

　　想看化缘的好奇心驱使我跟随"尚立"来到一家小卖铺，女主人立马搬出两张凳子请我们坐下，得知我是远道而来的朋友，就微笑地用缅语"明格拉吧"（你好的意思）打着招呼。

每天晚上，我们都一起下棋看电视，最左边的就是主持

我和"尚立"

　　寒暄两句，女主人便和以往一样，拿着化缘的铜钵进内屋准备食物去了。"尚立"不紧不慢地拉着我坐下，与门口的村民闲聊，隐约听见"Cambodia"、"Thailand"之类的发音，我知道这是在介绍我，大家纷纷友好地和我握手，眼中带着一丝惊奇，想必是觉得不可思议，因为在他们眼中，外国真的是非常非常遥远的地方。

　　不久，女主人端着装了食物的铜钵小步来到"尚立"面前。突然间，她跪了下去，双手将钵举过头顶，意思是"请收下"，一套动作连贯娴熟，看来并不是第一次这样做。

　　这一突如其来的举动惊呆了毫无准备的我，因为和"尚立"并排坐着，女主人这一跪也是在向我下跪，这可万万使不得！立马起身退到一旁。而反观"尚立"，巍然不动地坐着，那是一种庄严，而非趾高气扬。

　　递上铜钵后，女主人又是三叩首，一边磕头，一边嘴里还在念叨些什么，

69

我想或许是虔诚的心愿吧。仪式结束，她笑着起身，像做完了一件功课。

我被震撼了，想像中化缘该是一种求施舍，西游记中"贫僧自东土大唐而来，前往西天拜佛求经，路过贵宝地，不知可否化些斋饭？"这样的语句也总给一种寄人篱下的感觉。如果碰到仗势欺人的大户人家，可能不但没有斋饭，还招来一顿拳打脚踢，到时候又要悟空出面匡扶正义……

但刚才亲身经历的化缘完全颠覆了我的想像，僧人变成了一种至高无上的存在，这是发自内心的对佛的敬重，经年久月都是如此，佛心已经深入每个缅甸人的心里，根深蒂固。

如果有一天，你阅读一本地理书，上面介绍说缅甸是一个信奉佛教的国家，也许你会产生一种印象——"哦，缅甸是个佛教国家。"仅此而已。但倘若不是真的在那里生活过，就不会知道佛对于缅甸人民来说意味着什么，也难以想像信仰的力量有多强大。你会意识到，在这个世界的某些角落，佛教还欣欣向荣，古老的信仰还未被取代。

在这个物欲横流、缺失信仰的时代，每个人的心中是否也该有一块净土，永远为自己保留？

这是长期给寺院布施的一户人家，混熟之后，经常邀请我去吃饭

一生一佛塔

蒲甘的日落,真的如同上帝的一声叹息,宁静,悠远,能够安抚焦躁的内心,能够涤荡所有的孽障,能够让这辈子深深地铭记,一如昨日。

缅甸的路不好,班车也烂,通常地图上不远的行程需要耗去八九个小时,比如说从仰光到蒲甘。而更加令人费解的是车的班次,多半集中在下午四五点,这就意味着到达目的地的时间是凌晨两三点。无论是找旅店休息还是等天亮,这样的时间点都尴尬至极。喉咙像是卡了根细鱼刺,咳,咳不出来,而咽,也咽不下去。

就这样,凌晨三点,班车停靠在蒲甘客运站。所有人作鸟兽散,只留下我这个车里唯一的外国人,像个被上帝遗弃的孩子,孤零零地坐在已经关闭的售票处台阶上,点起一颗烟,疲惫地抽了起来。

几个壮实的马车车夫(在蒲甘,马车是常见的交通工具)迅速围了上来,用蹩脚的英语你争我夺地争取着这难得的生意机会。也许那份对钱的渴望有些过度,使得他们的表情看上去丝毫不友善,当时心中一紧,异国他乡,穷乡僻壤,夜黑风高,要是出了什么事,又有谁会知道呢?

好在一切都很正常,在我重复多遍不想坐车的意愿之后,他们三言两语地散开了,只留下最后一个车夫,安静地坐在不远处。

"先生,您付我1000缅币(一美金兑换约850缅币,在缅甸,对美金的使用要求非常苛刻,但凡有一丝丝的折痕,任何地方都不会接受的),我带您去一个又便宜又好的旅店,如果您感觉不好,再带您看别的地方。"他的语气非常礼貌,与刚才那群人一对比,瞬间多出几分好感。

"谢谢你,但我确实不富裕,我想自己找。"我礼貌地回绝了。

他不说话,几分钟后,待我抽完第二根烟,才说:"先生,就1000缅币,我都等了一个晚上了。"

听到这一句话的瞬间，这个外形彪悍的汉子仿佛被柔情所围裹，我甚至觉得他和我是如此相似，在这漫无止境的黑夜，一个人孤单。

"那好，我们出发吧。"想着自己赚钱那会儿该比他要轻松得多，同情心又像涟漪一样泛起。

马车跳着踢踏舞步有节奏地向前走，黑夜中声音被放大得异常清晰。大概100米过后，那个传说中又便宜又好的旅店到了，我明白自己又一次被自己的同情心伤害了，所幸旅馆确实性价比不错，就下车付掉1000缅币，不去追究。

老板是个大度的人，眼看两小时后便会天明，就免了我那夜的房费。甩下行李，将自己扔到那不是太柔软的床上，沉沉睡去。

蒲甘的佛，可以很甜美

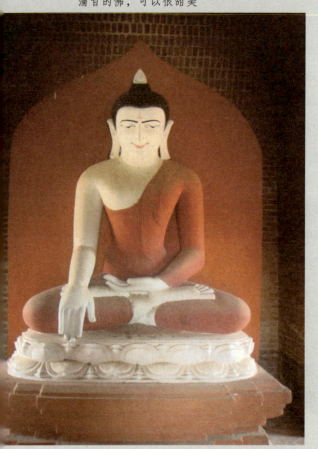

蒲甘位于缅甸国中部，最初是伊洛瓦底河畔的一片田野乡村之地，公元11世纪初，阿奴律陀国王统一缅甸之后定都于此，建立了著名的蒲甘王朝。由于国王自己是虔诚的佛教徒，他招募得道高僧和大批技艺精湛的工匠，在蒲甘营建起大量佛塔、佛寺，鼎盛时期达到两万座之多。所以蒲甘又有个霸气的绰号，叫做"万塔之城"。

之后蒲甘王朝渐渐衰落，近千年来数次战争的摧残以及1975年的大地震使得佛塔倒塌、损毁大半，如今仅存两千余座。尽管这样，这些佛塔伫立在蒲甘古城近千年，也足够让人震撼了。

任劳任怨的牛儿，拉着沉重的车，不停地前行

醒来租了辆自行车骑行在坑坑洼洼的柏油马路上，时不时能够看见古老的牛车。两头劳苦的黄牛拉着一辆木质重板车，低着头默默走着。板车的前支撑架正好嵌入黄牛的脖子，勒出鼓鼓的两个大包，看着宽大的木头轮子一轮一轮碾过，发出"咯噔咯噔"的声音，就能想像出黄牛有多辛苦。

与沉重的"咯噔咯噔"声音形成鲜明对比的是后面清脆的"嗒嗒"声，扭头一看，那是马儿拖着马车轻快的脚步声，生物属性的差别决定这两种动物的运动形式，一个奔跑，一个缓行。

路两边是低矮的灌木丛，由于季节原因，草还没有长出来，遍地的尘土在干燥空气的作用下如同柳絮，风儿轻轻一点，便会漫天飞扬，眺望过去土黄色一片。这种刻意的颜色仿佛是早就设计好的，和远处若隐若现的褐色佛塔相得益彰，古旧中带着历史的厚重感。

这一路经过的多是些由砖头砌成的小型佛塔，最高不过两层，里面除了供奉的一尊佛像，什么也没有。虽然有着上千年的历史，但确实没什么实质内容可看，显得冷冷清清。

每座佛塔背后，都有着一段辉煌的历史

　　这些小佛塔多是穷人的杰作，虔诚的蒲甘人一生最大的心愿就是能在死之前以自己的名义建造一座佛塔，所以对于那些占绝大多数比例的穷苦大众来说，宁愿省吃俭用一辈子，去修建一座茫茫塔林之中毫不显眼的佛塔，这就是信仰的力量，与物质能力无关。

　　"先生，请看一看我的沙画吧！"在路过一座破败佛塔的时候，被一个精瘦的年轻人叫住。

我上前瞧了一眼，这些沙画多半是和佛教有关的图案（比如化缘的和尚、坐骑大象的图腾等），色彩明快，笔锋细腻，每一幅画看上去都端庄而不是俏皮。我想若不是出于佛教的热爱，是画不出来的。

　　"这些都是你画的吗？"我随口一问，惊奇着眼前这个其貌不扬的年轻人居然有如此才华。

　　"是的，这些沙子来自于伊洛瓦底河里，颜料是用天然植物提取的，绝对不会褪色，您买一张带回家吧。"说话间他用力抠抠平躺在地上的沙画，发出"哧哧哧"的响声，听着有点刺耳，但是沙画却纹丝不动。

　　"质量非常好，画得也好，可惜我还有很长的路要走，不好带。"我本无意购买纪念品，对于长线旅途来说，这是种累赘。

　　"买一张吧，就一张，我需要钱来修复这座佛塔。"他的目光楚楚可怜。

那个替父亲完成心愿的画家

也许这张照片可以诠释，什么叫万塔之国

"这座佛塔和你有什么关系？"我诧异这不该是他的工作。

"这座佛塔是我父亲的祖父修建的，那年地震之后就变成这样了，父亲去世前说他还有一件最重要的事情没有完成，那就是将佛塔修复，所以我决定完成他的遗愿，努力赚钱，将它修复。"说话的时候他的眼睛不时深沉地看着佛塔，满怀柔情。

"好，那我买一张。"这样的理由无法拒绝，曾祖父毕生的心愿是修建一座佛塔，而父亲毕生的心愿是将毁坏的佛塔重复，如今轮到儿子了，延续着父亲未尽的心愿。也许如果运气不好，这个心愿还需要由他的儿子接着去完成，但这一棒又一棒的接力让人有种热泪盈眶的冲动。这一世，为了心中的佛，愿意受尽千千万万苦。

与之形成强烈对比的是那些有权有势的达官贵人，只需要大手一挥，兴师动众几个月，便会有巨型的佛塔高高耸起于平地之上，无论身处何方，抬

76

头就能一眼望见，比如 Ananda Phaya（阿南达）佛塔。

还未走到阿南达正门口，就看见几辆马车停在外面，静候着里头参观的游客们，其人气可见一斑。脱鞋之后踏进长长的走廊，两边全是贩卖纪念品的小摊位，摊主们或者睡觉、或者抱着孩子戏耍，只在你驻足的时候笑迎，绝不兜售。这种丝毫不商业的感觉非常好，大概是每天沐浴在佛祖脚下，摊主们悟得佛理："生意有时终须有，不必吆喝。"

走进佛塔底层中心，三步两步就能拜见不同造型的佛祖。有的全身镀金，有的彩绘；有的眼眉上翘，有的庄严肃穆；有的披着斗篷，有的衣着长袍。正所谓佛有千万相，怀着不同的心态去看，就能看到不同的相，与佛的缘分，也大概如此。

日落时分，爬上另一座5层楼高的"达比纽"佛塔，选择一处视线最佳的沿栏坐下。燥热的风渐渐变得有些凉爽，目光所及之处，大大小小的佛塔顶尖如同银河的星光点点，密密麻麻地在晚霞之中若隐若现。

我不禁感叹：蒲甘的日落，真的如同上帝的一声叹息，宁静，悠远，能够安抚焦躁的内心，能够涤荡所有的孽障，能够让这辈子深深地铭记，一如昨日。

而这样的美景背后，我看到了蒲甘人民坚定的信仰——一生，为一座佛塔。

茵莱湖故事

待到一处渔网撒完，渔夫便甩开一只脚，用膝盖和脚背缠住木桨，接着将桨轻轻伸入水中，以胳膊腋下为支撑点扭动两下，小船便慢慢地往前移动。而另一只脚始终是完完全全的金鸡独立状。这就是茵莱湖最引以为傲的标签——独脚渔夫。

按照缅甸班车法则，到达"Nyaung Shwe"的时间又是纠结的凌晨 4 点，此处距离真正的茵莱湖还有近 20 公里，但我并不知情，因为从地图上看不过指甲宽的一截。

根据惯例，又是几个五大三粗的司机将我堵在车站（实际上就一个简易雨棚）破破烂烂的木头座椅上，天马行空地发挥着各自的演讲天赋。只是上次蒲甘吃亏的惨痛教训仍然历历在目，这回我坚信同样只是一小段路，步行进去便可。

司机们报的车费随着我绝决的态度一降再降，8000 缅币，6000 缅币，4000 缅币，终于，有人喊出了 3000 缅币的跳楼价，可我仍然头也不抬地抽着烟，他们便无奈地散去。

抽罢一颗烟，扛起重重的行李，向着那条漆黑的小路走去。

"你确定不需要坐车吗？那可是很长很长的一段路。"一辆白色古董级轿车司机做出最后的努力。

"1000 缅币我就坐。"心知这样的价格绝不可能，我只是随便那么一说，继续走着。

"好，那就 1000 缅币，不过你得等一下，等我再拉上三个人。"那个司机跑上来悄悄地对我说。

就这样，等到凑齐 4 个人，车子开进伸手不见五指的小路，拐入了一个又一个岔路口。我感慨着幸亏坐了车，要是自己走，必定是要迷路的吧。

这样的小单间，8美金一晚，太划算

半个小时之后，到达茵莱湖，我知道这样的车程远远不止1000缅币，就多付了一点点钱给这个憨厚的司机。他推荐"Remember Inn"，是一个不错的旅店，8美金，干净整洁的单人房，带一份丰富而美味的早餐。

补觉后的第一件事情就是出门找东西吃，路过一家张灯结彩的餐厅，看样子像是刚开业，可一打听才知道原来这家主人今日大婚。

新郎是个眉清目秀的帅小伙，上身穿着素白色的民族服饰，胸口袋别着一朵小花，下身是千篇一律的"隆基"（一种齐至脚踝的筒裙，套入之后巧妙地打个结就不会再滑落下来，是每个缅甸男人的日常装束），总是憨憨地笑着，露出的牙齿在黝黑脸庞的映衬下显得格外洁白；也许是见到我这个生人的缘故，新娘则一脸严肃，一身粉红色的连衣裙，浑身的首饰彰显出她是今天绝对的主角。

我很适时地上前与新郎握手，送上中国友人的诚挚祝福，然后被几个热情的大姐邀请入内。她们用蹩脚的英语告诉我因为主人大婚，今天在这里吃

家乡秘制腌鱼炖黄鳝

东西一律是免费的，想吃多少吃多少。

这简直就是正中下怀，两碗美味的肉丝拌面下肚，顿感精神好了许多，待到第三碗面上桌，我只能有心无力地摸摸自己的肚子，示意真的太饱了，惹来在场人们温和的逗笑。

离开的时候我想找出点中国特色的礼物，留给新郎新娘做个纪念，可无奈什么都没带，只能再三地表示祝福和感谢，祝福这对善良的新人百年好合，感谢对我这个异国旅行者的慷慨。

饭后闲逛，有意无意地逛进当地的菜市场，如果说我有什么无法改变的癖好，那逛菜市场绝对算其中之一，而且是绝无可能舍弃的那种癖好。

曾经有人问："菜市场卖得无非是些鸡、鸭、鱼、肉、蔬菜，又臭又脏，有什么好逛的？"我且不去反驳他是否不解风情，仅每当步入菜市场，即使是硬件条件再不堪的菜市场，都会感觉分外的亲切。看着那些第一手的食材，看着那些忙碌着的淳朴身影，没有半点做作，只有这里，不会被商业开发过分渲染，永远只属于当地人。

水果摊上，芭蕉被切割成一串串，用尼龙绳吊在竹竿上面，看上去像是五线谱上的音符，错落中有规律；蔬菜摊上，各种认识的不认识的蔬菜鲜绿鲜绿，我想肯定没有沾过半点农药；最让人惊奇的是鱼摊，大大的两张芭蕉叶铺开，洒上些水，再将刚从茵莱湖里捕起来的鱼儿放在上面，一种属于茵莱的鱼市风情就这样鲜活地展现出来。鱼的种类包括斑鱼、罗非鱼、鲤鱼、鲶鱼和一些不认识的品种，聪明的茵莱人用一根细细的竹绳将每条鱼的嘴巴串连起来，据说这种原始的贩卖手法沿袭了近千年。虽然已经离开了水，但每条鱼儿仍然生命力十足，偶尔其中一条跳跃着翻个身，就会引起一大串活蹦乱跳的连锁反应。

"你好，这黄鳝怎么卖的？"我看见六条香蕉般粗细的黄鳝躺在绿茵茵的芭蕉叶上，想着若是便宜，买下两条当做晚餐也未尝不可，就问起了价格。

卖家是个精瘦的中年妇女，身穿一件早已洗得褪色的花衬衣，脚上则是一双未干的雨靴，看样子是刚干活回来。她听不懂英文，一脸无奈地看着我。

茵莱湖的渔船，几乎家家户户都有一艘，可装货，也可带游客观光

我善意地笑笑，随便抽出一张缅币，再用手指指那些黄鳝，意思是怎么卖的。

这下她听懂了，脸上露出了淳朴的笑容，随即用左手从裤缝里艰难地掏出一张1000缅币（只有那些真正贫穷的人才会把小钱藏得那么好），接着用右手划出两条结实的黄鳝，价钱就一目了然了。

8元钱人民币就能买到如此粗壮的两条野生黄鳝，着实让我又惊又喜，要知道在中国，此类级别的野生黄鳝至少也要卖到百元一斤以上的价格。

我站在原地琢磨着买几条才能吃饱，可是这种犹豫让中年妇女误以为我是嫌贵，于是她又抠出边上一条略小一点的黄鳝，还是抖抖手上的1000缅币，意思是三条仍然是这个价钱。

这样的举动反而弄得我有些不好意思，但是这么粗的三条肯定够吃了，就利索地掏出1000缅币，接着做了一个抹头的姿势。她欣喜地接过钱之后塞进裤缝，立马熟练地将3条黄鳝开肠破肚，剪成一段段，让我带走。

我又跑去卖腌鱼的摊位花了2元钱人民币买了2条小腌鱼，又在蔬菜摊买了5角钱的豆尖菜，准备晚上借用旅店的厨房，做一道家乡秘制腌鱼炖黄鳝。

晚饭时分，旅店的几个服务生女孩轮着帮我点火（这里没有煤气灶之类的先进玩意，古老的灶台总是熄火）。终于，忙活1个小时之后，看似正宗的杭州菜出炉，我请女孩们品尝"Chinese Food"，大概因为害羞，乐于助人的她们全部欢笑着退去了。

而我轻轻地抿了一口汤，嗯，可惜不是妈妈的味道。乡愁，瞬间四溢开来，此刻，一个人，孤独地面对旅行当中的生活，竟然也有一丝哀伤。

就这样，在这个百分之九十以上都是日本客人的旅店，有个中国人借用厨房煮黄鳝的故事被这群服务生女孩们传开了，也因此结缘了另外2个中国朋友，来自广州的张哥和静姐。

瘦长的张哥30出头，戴着一副金丝眼镜，笑起来会露出两颗门牙，忠厚里不失精明；静姐一头齐肩的头发，笑起来两只眼睛眯成弯弯的月牙状，看上去非常和气。夫妻俩每年都会将年假凑在一起，然后奔赴一个国家旅行，缅甸已经是他们旅行的第 7 个国家。

在这个中国游客罕见的异国他乡相逢，我们都非常庆幸，于是相约第二天一同租船畅游茵莱湖。

第二天早晨八九点钟，船夫早早地就已经等在码头。

船是一种狭长的木头船，船头尖尖好似剑锋，船尾配备了一台大马力的发动机，一旦开启，螺旋桨沉入水中的瞬间，便会有 2 米见宽的圆形水花泛起，远远望去，真几分神似孔雀开屏。

慢慢地驶出一段围垦起来的河道，辽阔的茵莱湖便展现在眼前。只见三三两两的小渔船漂浮水面，每艘船的船尾都站着一个头戴草帽的赤脚渔夫，双手一边梳理渔网，一边自然地撒下去，而腋下则夹着木桨。由于整个重量都承受在渔船尾部，单薄的船头有些吃不住力地翘了起来，一副摇摇欲坠的样子。

待到一处渔网撒完，渔夫便甩开一只脚，用膝盖和脚背缠住木桨，接着将桨轻轻伸入水中，以胳膊腋下为支撑点扭动两下，小船便慢慢地往前移动。而另一只脚始终是完完全全的金鸡独立状，若不是在这样的运动中寻找平衡，恐怕早就落入水中成了落汤鸡。

这就是茵莱湖最引以为傲的标签——独脚渔夫。祖先们发明了这样匪夷所思的划船方式，使得双手被彻底地解放出来，能够在划船的同时进行撒网捕鱼，千百年来一直如此。即使是科技发达的今天，越来越多的机械设备涌入这片依旧落后的土地，这种原始的捕鱼方式仍然被质朴的茵莱人保留了下来，权当一种对祖先的尊敬。

我们的船继续前进，开始穿越大片大片的吊脚楼。这些铁皮为顶的竹屋悬空在水面之上，仅靠一根根嵌入湖底的长长的木头支撑起来，看上去岌岌可危，但实际上牢固得足以抗击风吹雨打，真是不可思议。

每家每户的吊脚楼之间相隔数米，非常有规律地形成一个壮观的整体，却又互不相连。每户人家的楼底都会有一块专门的区域停船，相当于陆上人的车库，显然在这里，船才是唯一的交通工具。

茵莱湖上捕鱼的独脚渔夫

　　那些延伸出来的小小码头上面，有涂着"特纳卡"（缅甸女人涂在脸上的白色粉末，既能防紫外线，又有清凉美容的作用）的妇女正在洗菜准备做饭，有满脸皱纹的老妪正在蜷着身子洗衣服，有身材婀娜的少女正在和邻家的姐妹对话，也有顽皮的少年肆无忌惮地一次次跳到水里，然后再爬起来。一幅幅恬静的画面展现出这里最质朴的生活，一种属于水上的生活。

　　停靠其中一幢竹屋，顺着"吱嘎"作响的木梯走到楼上，清一色的木头地板，非常清凉。这是一家制作藕线衣裳的手工作坊，用莲藕折断后流出的细丝，搓揉成长长的细线，不太用力地一扯，竟然感觉到神奇般的坚韧。

　　待到这些细线积累到一定的数量，再用纯手工的纺织机织成布匹，接着就能用这些布匹裁剪出各式各样的围巾或者衣服，据说穿了这些藕丝制成的衣服，连关节病都会好上许多呢。

正在织布的是一个脖子上套着一环又一环铜圈的女人，她就是传说中的长颈族，这一个泰国北部与缅甸边界的少数民族。按照他们的风俗，女子脖子越长就越美。所以女孩在 5 岁的时候就要在脖子上戴上 1 公斤的铜环，10 岁开始便每年要往脖子上多加 1 个，直到 25 岁为止，这些环只能往上添，不能往下拿，终生都要佩戴，甚至连睡觉的时候都不能取下。

"你真的是自己想变成这样的吗？会觉得痛吗？"静姐看着厚重的铜圈，流露出复杂的眼神。

"是的，我觉得这样很美。"长颈女微笑着回答，手头的纺织还不停下。

是啊，不管怎么样的生活，只要自己觉得快乐的，那就是好生活。

这些民居群中还有做手工雪茄的，手工银器的，且不说是不是为了游客而做，至少看上去，这些本来就是他们生活的一部分。

回来的路上，夕阳在天边尽情地展现着妖娆的姿态，天空中彩色的云倒

正在织布中的长颈族女人

云朵倒影在田间，恍若世外桃源

映在刚插满秧的水稻田里，劳作的当地人在满目翠绿的田埂与我们擦肩而过，相会时满是微笑。这样宁静的乡野，我从来不曾遇到过。

　　也许若干年后，随着茵莱湖的名气越来越大，更多世界各地的游人会慕名而来，更多的星级酒店会拔地而起。而这里的人们也会落入俗套，一切走向商业化。"独脚渔夫"成为表演，成为一种回忆式，缅怀渐渐远去的岁月。

　　但是在我的记忆里，这里永远是一片祥和的世外桃源。

刚刚沐浴结束的女子

第二章

多面 印度 尼泊尔

初识加尔各答

比起首都德里或者经济中心孟买，它更像是个充满智慧的老人，以一种宠辱不惊的姿态向每个来到这里的旅人讲述那些散布在街头巷尾的故事。

別了，我的和尚朋友们，感谢你们无私的接纳，让我懂得什么是真正的信仰，愿你们在修行的路上，得到佛祖的眷顾。

別了，"芒"，感谢你无论日晒雨淋都不离不弃的陪伴，让我这个没有地图的孩子，能够那么有安全感地畅游在仰光，愿你有个灿烂的前程。

別了，"Nini"，感谢你多次的盛情款待，让我在这个缺乏美食的国度里，狠狠地过了一把嘴瘾，愿你儿子的画展能够办到中国来。

別了，仰光，感谢你街头巷尾的一切，让我多久以后想起，都觉得还有故事可以诉说，愿你的将来，不用再仰望光明。

別了，缅甸，感谢我们能相逢，愿我们能再相逢。

就这样，在一连串的告别声中，我很不情愿地飞离了这个贫穷、混乱但是带给我无限温暖的国家——缅甸；而等待我的，是一个更加贫穷、混乱但是带给我无限思考的国家——印度。

走出加尔各答的机场，要去背包客聚集的"萨德街"找住宿，于是乎先得展开一场与出租车司机的斗智斗勇。一看我是初来乍到的外国朋友，报价就开始 1000 卢比、800 卢比（1 美金约合 54 卢比）的满天乱飞了。

我知道在物价低廉的印度，机场和市中心之间不可能需要支付如此高昂的交通费，于是就一辆挨一辆出租车地询问。最后好不容易找到一个拼车的机会，200 卢比到萨德街，尚算是可以接受的价格。

出租车全是"TATA"集团（印度最大的商业集团，拥有 100 多家子公司，经营涉及通信、汽车、饮料等多个行业，声誉非常高）生产的复古式老爷车，通体怀旧的黄色，带有些中世纪欧洲风情。而如此独特的外观却难以掩盖内

加尔各答的标志性黄色出租车，乍看觉得还挺时髦

部的破败，车门几乎无法从内部打开，仪表盘烂得锈迹斑斑，开动时感觉全身部件都在"咔咔"作响。

经过了缅甸的先行洗礼，这样的场面并不能算太糟糕，但最后一个细节彻底将我雷倒，那就是很多出租车居然都是没有后视镜的。司机在驾驶的时候从来不看后方车辆，想右转了直接将右手伸出窗外象征性地挥两下（在印度，汽车驾驶座在右侧），想左转了干脆连手势都没有。

我频频不自在地回头，总感觉不知道什么时候，就会发生相撞事故。可对于印度司机，这样的事情不过家常便饭，他们遵循的交通规则可能是"前者为王"，即只要开在前面，想变道就变道，根本不需要左顾右盼，而事实也是如此。

如此这般漠视交通规则，也只在印度的时候见识过，正如官方宣传语

"Incredible India"（不可思议的印度），不可思议的印度之旅从出租车开始。

半小时后安全抵达萨德街，这条东西走向的大街西接加尔各答市区最热闹的乔林奇大街，各类商业银行应有尽有；北面是商旅云集的新市场，商店、餐厅分布紧密；而大街两旁以及与其相连的小巷子里，各类旅馆星罗棋布，有数十美元的星级酒店，更多的是一两百卢比起的小旅馆。这些方便的设施就是萨德街能成为背包客聚集地的原因。

简单地打听了几家旅店，空调房每天 800 卢比，而电扇单间也要每天 350 卢比，基本就是这么个价位，真觉得有点贵。

正在思考着该如何寻找更加便宜的住宿，一个骑着摩托车的小男孩顺了我一程，来到他口中又便宜又好的旅馆——24 人间的宿舍，床位是每天 300 卢比，虽然不便宜，但带有 24 小时的空调，这在炎热至死的 5 月印度算是非常奢侈的福利了。

安放行李之后出来闲逛，遇见黝黑干瘦的黄包车夫正穿着拖鞋，拉着比他个头都高出一大截的黄包车迎面走来，豆大的汗珠不时落下，拿着一条破烂的毛巾不时擦拭着脸面。车里的一对母子神情自若地乘坐着，以 $-25°$ 的视角俯视周遭路过的行人，眼神中带着一丝傲慢。这种仅靠人力拉动的原始交通工具赤裸裸地展现出社会中剥削与被剥削两层阶级的关系，没想到在加尔各答，依旧能够看到。

与之形成强烈对比的是那些横冲直撞的突突车（和泰国类似，也是一种三轮摩托车），它们有黄色的顶棚，绿色的车身，特色鲜明。司机多半是年轻人，所过之处充斥着急躁的喇叭声，仿佛要将前路的一切障碍，都通过这持续不断的喇叭声清理干净。

主街的步行道上，一摊一摊的生活用品被整理在靠墙壁的地上，铺上一层防水的塑料膜，也无人看管。赤身裸体的小孩子在周围尽情地玩耍着，不时地在泥水里打滚又或者低头喝上一口，同样无人看管。这样的每一个小摊都是一户人家，等到夜幕降临，主人就会回来，然后重新铺开所有东西，煮菜做饭，铺床睡觉，像所有正常人一样生活，只不过他们的家在马路上。

墙边的每一个摊，都是一户人家

　　按照印度政府的标准，每天收入不足 10 卢比者，即处在贫困线以下。而整个印度有 2.5 亿人生活在最低贫困线以下，这些赤贫的人们几乎一无所有，露宿街头是唯一的选择。

　　走着走着，我来到了加尔各答的标志性建筑"维多利亚纪念馆"。门票分两类，对于印度人只收取象征性的 10 卢比，而外国游客则需要支付 150 卢比。15 倍的差价让人觉得不太舒服，但若和中国的很多景点门票价格一比较，仍然算是相当便宜。

　　沿着长廊往里走，这座融合文艺复兴时期和回教风格建筑而成的白色宫殿渐渐清晰，在周围绿色草坪的包围之下就像一艘巨大的精致白船，视觉冲击力很强。广场上维多利亚女王的铜像高高在上，那低头的姿态仿佛在默默注视着加尔各答这些年的沧桑变化。

　　纪念馆共有 3500 多件藏品，多半是从印度各地收集来的美术品、史书、维多利亚时代的史迹素描和绘画等，这些作品很好地展现了当年加尔各答作为英属印度首府时期的情形。可神游在这奢华的建筑内部，看着掠过眼前的一幅幅画面，我却感到一阵莫名的苍凉。

这个世界上的任何一个国家，有谁是愿意被殖民的呢？不过是抵挡不住武力的进攻，顺势妥协罢了。而作为曾经辉煌无比的四大文明古国之一的印度，这样的屈辱更显示出落寞的悲凉，一种底蕴深厚的古老文明对先进文明的屈服。

所以每次和外国旅行者讨论殖民这个话题，我都为我的国家感到欣慰，无论经历过怎样漫长的封建历史又或者怎样愚昧的闭关锁国，我们中华民族从来没有被外来民族完全殖民过。每次濒临沦陷的危难时刻，我们的同胞都会变得空前团结，众志成城，抵御外敌，这就是我们这个民族屹立于世界的根本。当然这时候，外国朋友会问："那么蒙古呢？你们曾经被蒙古殖民过。"然后我会告诉他们在我们中国，有一个面积巨大的省，叫做内蒙古。

加尔各答是一座文化积淀厚重的城市，在其300余年的历史当中，神奇地出了3位诺贝尔奖得主：物理学家拉曼在1930年因光谱效应的发现获得物理学奖；被称为"妈妈"的特蕾莎修女在1979年获得诺贝尔和平奖；诗人泰

维多利亚纪念馆里，存放着屈辱的历史

94

戈尔则在 1913 年获得了诺贝尔文学奖。

　　一个炎热的下午，我决定去诗人泰戈尔的故居看看。乘坐轨道列车缓缓前行，这种中世纪的欧洲交通工具随着当年英国的殖民者漂洋过海来到这里，如今依旧发挥着作用。看着嵌入柏油路面的两条厚实铁轨，压轧出深陷的痕迹，像是两道伤疤，延绵无尽地通向远方。而偶尔几条铁轨交汇处，更像一块形状规则的胎记，标识着这座城市的缘起。

　　下车后接着步行一段，街边依然能够看见那种古老的打字机。随着清脆的"哒哒哒"的声音，蘸着油墨的金属字母被一个一个利落地敲打在纸上，一篇整齐但有些模糊的报告就这么慢悠悠地出来了。我想在电脑如此盛行的今天，也只有在加尔各答，能够看见这样怀旧的打字机了吧。

　　偶尔在大树根的边上，能够看见正在熬制 Masala Tea（玛莎拉茶，一种用印度香料熬出来的茶）的大叔，全身穿着破旧的衣服，盘坐在一块小木板上，身前是一个简单的炉子，炉子上面铝制的长柄锅里头，褐色的玛莎拉茶正在热烈地翻滚着。

正在熬制玛莎拉茶的大叔

等沸腾过一段时间，大叔将茶倒入一种小小的陶杯里面，卖给排队等候的顾客，5卢比一杯，生意非常好。我随着人群买了一杯，闻一闻，香气四溢，喝一口，精神抖擞。

喝完之后，犹豫着该如何处理这装茶的小陶杯，却见身边的小伙随手将杯子丢入边上的竹编垃圾篓里，这么完好的杯子喝一次就丢了，真觉得太浪费。后来有一个印度人告诉我，由于印度政府对塑料的禁止，很多店铺只能使用这样的小陶杯，别看外表坚固，但若长时间使用就会褪泥，所以只能是一次性的。

一刻钟之后我到达了泰戈尔故居，那是一栋让人过目难忘的红色建筑。按照惯例，印度人依旧只需要10卢比的门票钱，而外国人是五倍的50卢比，可能因为知名度的关系，总算不是15倍的差别了。

踏进这幢几千平米的宅邸，虽然没有过度的奢华，但也能感受到泰戈尔

诗人泰戈尔故居的内院

家族当年身为皇亲国戚的地位。泰戈尔的书房、卧室仍然保持着原貌，展室里陈列着这位一代文学巨匠的手稿、书画、照片和家谱等。

泰戈尔形容泰姬陵为"时间面颊上一滴爱的泪珠"，若不是一个浪漫的人，绝然写不出这样浪漫的句子。后来我从那些发黄的照片中找到些蛛丝马迹，除了广为人知的诗人身份，泰戈尔还是一位旅行家，即便凭借的是一个世纪前的交通工具，依然足迹遍及五大洲。

于是我大胆地得出了一个结论："大概每一个热爱旅行的人，都有着一种浪漫的诗人情怀。"

这就是我印度之行的第一站，加尔各答。比起首都德里或者经济中心孟买，它更像是个充满智慧的老人，以一种宠辱不惊的姿态向每个来到这里的旅人讲述那些散布在街头巷尾的故事。

垂死之家

从那些流淌的眼泪中我能读懂加尔各答的这段义工生活对于他们而言有多珍贵。每天都有新人来，旧人走，完成一棒又一棒爱的接力，这就是仁爱之家的意义所在。

仁爱之家是一栋朴素的4层建筑，灰色的墙壁上，土黄色的木制百叶窗整齐地向外打开，这种配色带来毫不张扬的温暖感。爱，本来就该是如此低调的吧。

踏入一楼大厅，正中间安放着一副方形的白色大理石棺椁，光滑的盖面上用黄色的鲜花摆成"To forgive is love（宽恕就是爱）"的字样，而里面躺着的正是仁爱之家的创始者，特蕾莎修女。

这位被印度人称为"Mother"的阿尔巴尼亚裔伟大女性在1950年成立了仁爱之家，目的是为了给加尔各答街头那些病重临死的穷人一个最后的安

仁爱之家的建筑，色调非常朴素

特蕾莎修女的棺椁，原谅即是爱

息之所。如今六十年过去了，仁爱之家从最初 12 个修女的规模扩张成来自全世界各地的义工的集结地，它给了无数绝望中的人们最后的温暖。

虽然这些事情与世界和平无关，却体现出人性的光辉，所以诺贝尔基金会将 1979 年的诺贝尔和平奖颁发给了特蕾莎修女，后人配了这样的一段颁奖词："她把一切都献给了穷人、病人、孤儿、孤独者、无家可归者和垂死临终者。她从 12 岁起，直到 87 岁去世，从来不为自己，而只为受苦受难的人活着……"

"请问是在这里报名做义工吗？"我来到后院的一间车库，向一个戴着眼镜的白衣修女询问。

"是的，请问你想要报哪个部门？"修女满脸微笑地反问道，紧接着递过来一份资料，上面图文并茂地写着各个部门的介绍，原来孤儿、疾病患者、垂死者都是被一一分开照料的。

"那就"垂死之家"吧。"这是早就想好的答案，我想那里或许环境更为艰苦，需要更多的义工吧。

"没问题，你来自哪个国家？"修女拿出一张工作牌开始为我做登记。

"中国。"说出这两个字的时候，心里莫名地带着一丝丝的自豪。

"谢谢你，这儿很少有中国义工的到来。"修女抬起头特意看了我一眼，依旧微笑着说。

等到一切登记完毕，我拥有了一个新的身份，"垂死之家"义工。

每天的义工生活都是从一顿在车库中的简单早餐开始，香蕉、面包和茶，以自助的形式供应，每个人按需索取，从来不会有浪费。看着来自全世界各地的义工们拿着茶杯，啃着面包，找着各自熟悉的朋友诉说各自遇到的新鲜事，热闹却不喧哗，那种氛围非常友好。

吃完早餐，负责行政的修女会站上小小的讲台，说明义工们在工作中发生的一些问题，比如："提醒孤儿院的男义工们，从今天开始，你们不准再抱着哄孩子吃饭，一旦他们养成索抱的习惯，以后那些身体瘦弱的女义工们，就很难再开展工作了。"

交代完这些细节后，就是最感人的环节，送别那些即将离开的义工们，无论他们在这里工作过一年、一个月、一个星期甚至一天，他们的爱心都会被铭记并且传承下去。所有人将这些即将离去的义工簇拥在最中央，就像对待战胜归来的英雄一般。伴随着修女的起头，大家开始有节奏地拍手，并且跟着节奏哼唱："We thank you from my heart（我们发自内心地感谢你们）。"再重复一遍"We love you from my heart（我们发自内心地爱你们）。"

每个人的脸上都充满了祝福的微笑，只有那些被送别的主角们，早已控制不住情绪，有的低着头咬着嘴唇强忍，有的早已泪流满面。从那些流淌的眼泪中我能读懂加尔各答的这段义工生活对于他们而言有多珍贵。每天都有新人来，旧人走，完成一棒又一棒爱的接力，这就是仁爱之家的意义所在。

这些例行环节结束之后，每个部门在老义工的带领下，向着各自的工作地点出发。我们"垂死之家"的义工大约有 10 几个，浩浩荡荡地穿街过巷，转过无数个弯之后，再沿着铁轨走上一段，就到了目的地：一座看上去很像

每天在这里，都要唱歌送别离开的义工们

监狱的建筑。

刚进大门就闻到一阵恶臭味，既像是粪便的气味，又像什么东西腐烂之后的气味，总之很难形容。来到一个小房间，放好背包等随身物品，领一块围裙系上，就要开始干活了。

我被分配的第一个任务就是洗衣服，走进那间20平米左右的洗衣室，小山高的衣服被堆放在一边，随便瞄上一眼，发现居然好多裤子上还留有大块的粪便（这里多半垂死的人都失去最基本的生活自理能力，总是拉在裤子上，需要经常换裤子，否则就会有湿疹），想着这就是待会儿要洗的衣服，顿觉一阵恶心。

此时一个老义工熟练地整理起衣服，先用板刷将裤子上的粪便刷掉，接着丢入一个放有化学药水（用来消毒）的水盆。负责这个水盆的是两个欧洲女孩，只见她们并没有戴手套，拿起刚刷过粪便（没有完全刷干净）的裤子

101

就是一阵搓洗，神情丝毫没有一丝异样。而我一个大老爷们，居然对粪便产生恐惧，瞬间感到羞愧，于是很快投入到清洗队伍当中。

第一个水盆消毒，第二个水盆洗净，第三个水盆清水，七八个人通力合作，很快，一批又一批洗干净的衣服被送上天台晒干，保证每天都有干净的衣服可以换。

洗完衣服之后就要给那些需要吃药的病人喂药，修女分配好药量，告诉你是哪个病人，接着你就要用自己的方法哄他们吃药了；而那些已经不需要再吃药的老人们（濒临死亡，不需要靠药物维持），则需要一些按摩，好让蜷缩着的身体不会越来越僵硬。

干完这些，义工们得到了片刻喘息，里头有个凉亭可以休息，桌子上会摆着饼干、香蕉和茶等食物，大伙聚在一起天南地北地聊聊，又或者哪个活跃分子表演一个即兴小节目，都能让人从刚刚的环境当中跳出来。

有一天大家正在凉亭休息，突然传来惨烈的哀嚎声，紧接着，一个浑身脏兮兮的男人被抬了进

洗衣服的房间，三道工序，兢兢业业

来，他的身体干瘦干瘦，几乎接近木乃伊，左脚缠着沾满泥土的塑料绳子，看样子是受伤了。

一个懂得医护知识的义工用剪刀将绳子剪开，触目惊心的一幕出现了，小腿内侧的那块肌肉已经没有了，能够看见白色的骨头，而骨头上爬满了蛆虫。

义工们短暂休息的亭子

　　那个义工马上叫另两个女义工拿来镊子，开始一条一条地将蛆虫清理干净，每当镊子碰到一点骨头，这个男人就会大声惨叫，那声音响彻整幢楼，听着都疼。那两个清理蛆虫的女义工一边清理着昆虫，一边流下了眼泪，也许她们心里在想："前世究竟是犯了怎样的错，今生要受这样的苦？"

　　我也被这残忍的画面触及神经，既然帮不上忙，就默默地走开了。想起一个故事，当初仁爱之家刚创立的时候，也曾经有一个伤口长满蛆虫的病人被送进来，是特蕾莎修女本人亲自清理的蛆虫，后来那个人没过两天就过世了，走的时候，他在特蕾莎修女的耳边说："我这一辈子都活得像条狗，你让我死得像个人。"我突然明白为什么特蕾莎修女能够坚持将爱这件事情做到永恒。

　　好在这个无家可归的人最终被救了下来，留在"垂死之家"休养，只是每次换药的时候，都能听到他鬼哭狼嚎的惨叫声，听得人头皮发麻，那种痛，可能没有经历过的人很难想像。

　　每天工作的最后一件事情就是照顾病人们的中饭，有时候是咖喱鸡肉加米饭，有时候是咖喱土豆加米饭，都还不错。病人当中的大多数可以自己进食，并且胃口良好，通常吃完还要再添一点。

　　唯有那些已经濒临死亡的老人们一动不动地躺在床上，完全失去了自己吃东西的能力。这时一个日本阿姨会把食物打成流质状，接着我们这些义工就得用勺子一口一口地喂。

　　我负责的是一个严重畸形、目光呆滞的老人，名字类似中文发音"炒饭"，所以我就叫他"炒饭"，尽管他从来没有应答过我。每次取一勺食物放入他嘴里，他都会轻轻地开合几下嘴巴，然后睁着眼睛一动不动，就像死去一般，接着，又开合几下嘴巴，直至艰难地咽下去，每一个轮回都是如此，非常有规律。

　　直到有一次，在动了几下嘴巴之后，他慢慢地闭上了眼睛，再也不动了。我的心一下子被揪紧了，虽然我知道"垂死之家"的病人随时都可能会去另一个世界，但当真的如此近距离地面对死亡，还是有一种绝望的悲伤。

　　"炒饭，炒饭，快醒醒，动一下，动一下，求你了，求你了。"我在他耳边不停地喊，同时不停地拍着他的脸，越来越重，越来越重，可他依旧一动不动，看不见一丝生命迹象，我快要绝望了。

　　正在这时，他猛地咳了一下，接着吃力地再次睁开眼睛，嘴巴开合两下，完成了吞咽的动作。我知道他该是去鬼门关走了一遭，不过谢天谢地，他又回来了。

　　后来直到我离开，"炒饭"还是好好的，也许有一天他真的会在吞咽的时候窒息，也许他的生命不会持续多久，也许早点离开对他来说反而是种解脱，一切交由老天决定吧。

　　等所有病人吃完，收拾好餐具，洗干净，半天的工作终于结束了。别看都是些琐碎的事情，但一刻不停地忙碌还是足以让每个人都累得趴下。除了身体上的疲惫，这种累更多地来自于灵魂上的疲惫，因为不知道什么时候，身边就会有人离开这个这个世界，就像一颗定时炸弹，不知道什么时候会爆炸，这种思想上的包袱，让人觉得很压抑。

我在"垂死之家"一共做了10天的义工，每天早早地起床，兢兢业业地工作，用心地照顾着每一个病人，期间虽然中过暑，生过病，但从不曾间断过。

每次听见那些惨痛的哀嚎，或者看到那些肮脏的粪便，再或者闻到那些作呕的气味，都想着尽快地离开这个鬼地方，我是来旅行的，不是来工作的。可每次夜里闭上眼睛，那些病人们、修女们、义工们的脸庞都会浮现出来，每一张都极尽祥和，让我忍不住想再看看他们。

我认识了很多来自世界各地的善良的朋友，从他们身上学到了很多很多宝贵的东西；我也从那些病人身上获得了对生命的思考，对奉献的理解：帮助那些与你毫不相干的人，是种大爱。

离开那天，照例，站在最中央接受所有人的赞美，我始终低着头，有种舍不得离开的冲动，但我没有落泪，我知道，总有一天，我还会回来。

义工故事

> 他们每天吃在一起，睡在一起，工作在一起，当然也混在一起。他们来自世界各地，他们当中很多都是环球旅行者，他们每个人身上都有许多故事。

在印度加尔各答，有一个名叫"Paragon"的小旅馆，设施很一般，但4人间宿舍每天只需要120卢比的房钱。那里的住客主要是仁爱之家的义工，他们每天吃在一起，睡在一起，工作在一起，当然也混在一起。他们来自世界各地，他们当中很多都是环球旅行者，他们每个人身上都有许多故事，我想讲一讲这些故事。

右侧的是一位法国奶奶，看上去不是很老，但她是70年代就来过仁爱之家的第一批义工，真想知道那时候的加尔各答是什么样子

临别合影，右侧的女孩就是艾达

"艾达"是一个加拿大籍香港女孩，30岁，一头不长不短的黑发毫不修饰，有一种素雅之美，精致的瓜子脸上嵌着一双明媚的眼睛，看上去非常阳光和善。她的脸上总是挂满了微笑，一种清风拂面般的微笑，不管是谁见了，都会不自觉地跟着微笑。

"从多伦多飞到加尔各答需要多久啊？"我和艾达是同一天报名的义工，并且都申请"垂死之家"，就闲聊起来。

"没有飞机是直飞加尔各答的，我要先飞到迪拜，再从迪拜飞到加尔各答，加上转机等机共需要 28 个小时。"艾达详细地回答着，始终面带笑容。

"真的好远，那你在多伦多做什么工作呢？"我接着问。

"我是个护士，也是个天主教徒，很早就听说加尔各答的垂死之家，这次刚好有两个星期的年假，就专门来做义工。"艾达回答得更多了。

"这是你第一次来印度吗？两个星期不打算去别的地方走走？"我诧异于这样执着的目的性。

"不打算了，此行就是来做义工的，其他都不重要。"艾达笑着摇摇头，反倒像个小孩子了。

我想换做一般人，好不容易等来半个月的年假，肯定是找个马尔代夫之类的地方好好地去享受享受。可是眼前这个而立之年的大女孩，飞越大半个地球，只是为了来帮助这些本与她毫不相干的印度穷人，真的令人刮目相看。

每天早晨，所有义工吃完自助早餐之后，都会将喝过茶的杯子自觉地放回原处，这是应该做的事情，但估计很少有人会想到，这些杯子又该由谁来洗呢？

这个时候，艾达总会默默地出现，和另外两个资深的日本义工一起，洗杯子，擦桌子，扫地。加尔各答天气燥热，即使是早晨，稍一动也会汗流浃背。艾达脸上的汗珠不断地滴下来，可脸上依旧挂着招牌式的微笑，她是真的想为仁爱之家做些什么，不求赞赏，不求回报，甚至不求有人看到。

由于护士职业的原因，在"垂死之家"，艾达做的工作比一般人都要细致。

这里有个疯癫的老妪，每天都会发作一回，而每回发作，总是鬼哭狼嚎地满地打滚，根本不理会任何人，这个时候，艾达总是第一个上去做安抚工作。

老妪张牙舞爪，好似要毁灭全世界，艾达奋力抓住她，耐心地说着老妪根本就听不懂的英文。一段发作时间过去，老妪的情绪慢慢平复下来，艾达搀扶着让她躺在床上，老妪无法控制的大小便一起流了出来。没有办法，艾达只好拿来毛巾和晒干的裤子，替老妪清理干净下体并且换上新的裤子，整个过程依旧微笑着，没有半点嫌弃的表情。

我很难想象一个年轻貌美的姑娘是怀着一种怎样的心态，才能替一个陌生的老妪完成这样一件看上去有些作呕的事情，大概真的唯有爱和信仰才能解释吧。

又一个炎热难耐的上午，由于连日的大强度工作和印度不太卫生的饮食，我中暑了，感觉浑身没有力气，在大家都在工作的时候，一个人跑到小亭子里躺下了。

"丹，你怎么了？"过了10几分钟，艾达跑过来，蹲在我身边问我。

"没事，只是感觉没有力气，需要休息一下。"我虚弱地回答。

"你肯定是中暑了。"说完艾达摸摸我的额头，接着说："还好没有发烧。"

爱搞怪的保罗，总是能够找到一些便宜又好吃的餐馆，然后领着
大伙一起去

"嗯，没事的，休息一下便好。"我慢慢地闭上了眼睛，不想再说话。

不一会儿，艾达又跑了回来，这时手里拿着一杯水。

"来，起来，快喝这个，放盐的水，有利于你的康复。"艾达把我的头
轻轻扶起，将水杯送到嘴边。

我咕噜咕噜一饮而尽，清凉的矿泉水，带着咸咸的味道，感觉顿时清醒
了一些。

"嗯，那你在这里先休息一会儿，我先回去照顾病人，待会儿再回来看你。"
说完艾达便小跑着走了。

因为这件事情，我的心里流淌着满满的感激，异国他乡，没有亲人，也
没有特别要好的朋友，生病了，又有谁会知道呢？可有这么一个人，一个认
识不过几天的大姐姐，能够找到在工作中消失的我，然后照顾我，真的非常
难得。后来又一个日本义工因为阑尾炎住院动手术了，艾达组织大家一同前

109

往医院看望，我才知道，原来她的心里装着每一个身边的朋友。

同样身为虔诚的天主教徒，大概受到特蕾莎修女太多的感召，加之本身就充满了爱，艾达以一颗大爱之心，对陌生人，对朋友，对病人，对这个世界。

两个星期之后，我们又几乎同时离开了加尔各答，她回到多伦多继续工作，而我则前往瓦拉纳西继续旅行，如同一个交点，又各自回到自己的轨道。我们偶尔会有电邮联系，得知后来她又去日本做了一次志愿者，我想她是想把她心中的那份爱，撒向全世界吧。

我的义工朋友当中还有一个名叫"保罗"美籍韩国人，30出头，高高壮壮的，大圆脸，眉角刚打了一个银钉，突显出与他年龄有点不符的叛逆。大多数情况下他都不修边幅地耷拉着一头短发，那形象一看就是那种旅行很久的老江湖。

7岁就跟随父母移民的保罗有着和所有普通美国人一样的人生轨迹，上学，工作，谈恋爱，一切都按部就班。直到有一天，他再也忍受不了这样平淡的生活，决定离开女朋友出去环球旅行。

"如果等我回来我们还有感觉，那就在一起，当然我不会勉强你在这期间等我，我们按着各自选择的方式生活吧。"因为女朋友不想放弃安逸的生活跟随他流浪，走的时候保罗这样说。这种冷静的处理方式两个人都同意，其实也就基本意味着和平分手，这是自由的美国式分手，少了些许的伤感。

如今保罗已经旅行一年，走过加拿大、新西兰、澳洲、东南亚等好多地方，打算游完南亚之后接着往中东方向走。每到一个国家，他都会在当地的纪念品商店买下一面该国国旗，然后用自己那双粗大的巧手，绣到他那超过80升的蓝色大背包上面，背包已经被装点的色彩斑斓了。这是种非常好的纪念方式，将来一翻出这个包，光看着表面，就知道里头装着满满一背包的故事。

有一天下午，我们几个人在屋里闲聊各自旅行当中的省钱技巧，这下保罗来了兴致，开始向大家展示他那个如同哆啦A梦口袋一般神奇的大背包里，究竟装着些什么。

首先他翻出一只大号的塑料袋，里头是一个自己随意修剪的铁皮罐头盒，盒里面放着各种小包装的酱油、芥末、番茄酱等等。

"你们看，这些是我在日本旅行的时候，从餐馆或者肯德基拿出来的免费调料，有时候到一个新的国家，吃不惯那儿的食物，就能用这些蘸着饼吃。"保罗得意地说，大家频频点头，夸赞这是个省钱妙招。

接着他从侧边口袋掏出一把各种样式的餐巾纸。

"你们知道吗？纸巾这东西是不用自己买的，每次机场或者餐馆等场所都会有免费供应，趁着人们不注意偷偷卷起一些塞进包里，就又能省下来一笔费用。"说完他双手蜷缩地做了一个卷纸逃走的动作，惹得大家欢笑不止。

再接着一条单薄的灰色毯子被拉了出来。

"在某些天气炎热，治安较好的地方，如果只停留几个小时，就不用去找旅馆睡觉了，可以随便找个公园，将背包带缠在自己的脚上，接着铺上这条毯子就能凑合一下。"保罗兴冲冲地展示着，我们开始钦佩这位环球旅行者的勇敢。

最后，在背包底部，他翻出一双轮滑鞋，它几乎占据了背包空间的一半，这是保罗的最爱。

"每到一个路面条件允许的地方，我就会穿着轮滑鞋从火车站或者机场一路溜着去找旅馆，这样既能悠闲地欣赏当地风景，也能节约下不少路费。"保罗望着眼前的轮滑鞋，仿佛看着一个相恋多年的情人。的确，这是他旅途中的"情人"，可以排遣寂寞，可以相依为命。众人为这独特的创意惊呼"Perfect（完美）"，诚然，若没有一份浪漫的情怀，谁又会带着这样一双沉重的轮滑上路呢？

这就是一个环球旅行者传授的旅途小贴士，欢乐而又实用。那种感觉如同第一次到拉萨，我还是个傻呵呵的"嫩驴"，遇见许多牛哄哄的环国旅行者，听他们讲各种神奇的故事，受益匪浅；如今在加尔各答，遇到的人变成了环球旅行者，我再一次成了"嫩驴"，听到更多神奇的故事，好似一场轮回。

火葬场的骗子

说完这一连串的"Fucking"，便大步流星地往前走，留下错愕的大胡子呆呆地站在原处，他一定在想为什么刚刚故事还朝着他希望的方向发展，只一瞬间，一个人的态度会发生如此大的转变呢？答案只有一个：我快被这些无止境的愚蠢的骗局，缠疯了。

"比历史古老，比传统古老，甚至比传说还要古老。它看起来比所有这一切加起来还要老上两倍多。"这是美国作家马克·吐温对瓦拉纳西的描述。的确，若一定要追溯，这座恒河中游的古老圣城恐怕已经拥有 6000 多年的历史，据说当年玄奘历经千辛万苦，最终到达的极乐西天就在这里。

行走在恒河边的河岸上面，岸边建筑的色彩基调以土黄色为主，浸透了满满的历史沧桑感，虽然从建筑高度、造型和材料来看应该不过几百年的历史，却给人穿越千年的感觉。

这些房子当中有的是印度教寺庙，门口通常会被漆成暗红色，竖有彩色的泥塑神像，有的被改建成旅馆，由于面朝恒河，价格一般会稍贵一些，但仍然是物有所值；有的则被废弃，既没有窗户也没有门板，只是空空荡荡地几根石头柱子支撑着建筑，不知道从前是怎么样的场所。

走着走着，遇到一个身穿黄袍的英俊少年，头顶戴着印度式的发带，肩披一只灰色的旧布袋，脖子上挂着各种念珠，眉心处点着一滴明亮的珠心痣，异域风情十足。

他左手拿着一支类似葫芦丝的乐器，右手里端着一只竹编篓，不时地向经过的路人诉说着什么，看上去像是兜售某种表演。

"先生，您想看舞蛇表演吗？"他见我一直盯着他看，就走过来大方而有礼地问道。

"可以啊。"曾经在书里读过关于印度舞蛇的内容，说是在加尔各答的

112

从恒河中间望去，岸边的建筑好似魔王城堡

街头十分常见，可在加尔各答溜达半个月无缘看见，想不到如今能在瓦拉纳西补上这个遗憾，真是求之不得。

眼看有了生意，少年笑着盘坐在地上，打开竹编篓的盖子，里面有一块玫瑰色的绒布，上面散乱地放着几张小面额纸币以及一些硬币。看来今天的收成，少得可怜。紧接着他掀开绒布，一条大约80公分长的眼镜蛇慢慢地朝着我的方位探出身来。

我本能地向后退了两步，心想要是被它咬一口那可不得了，却见少年微笑地说："别怕，没有关系的，它不会咬你的。"

说话间，少年熟练地对着蛇的眼睛转了转手腕，眼镜蛇的注意力很快就被吸引了回去，直起身子呆呆地盯着主人。很快，音乐声起，那是种清脆悠扬的旋律，像是从远古缥缈而来。少年一边吹奏，一边用脚轻打着节拍，一边左右摇晃着嘴里那类似葫芦丝的乐器（其实蛇基本上是没有听力的，根本

恒河边的舞蛇少年

不会随着音乐跳舞，所以吹奏只是噱头，其他两个步骤才是引导它"跳舞"的关键），而蛇也跟随节奏轻轻地左右摇摆，那配合，默契极了。

一曲奏罢，我按下视频的结束键，禁不住鼓起掌来，这样的演出值得尊敬。接着掏出 50 卢比作为答谢，少年笑着接过，这或许是他今天最大的一笔收入。

再往前走，岸边堆满了长长短短的木材，而不远处有几摊熊熊燃烧的烈火，这就是露天火葬区。相传瓦拉纳西是由印度教中主管生死的湿婆大神所建，信奉印度教的人们相信湿婆常在这里的恒河边上巡视。凡在这里死亡并火化的人，均可免受轮回之苦，直接升入天堂，所以每天都有许多重病教徒从四面八方赶到瓦拉纳西。

"你好，先生，我是管理火葬区的志愿者，这里是不允许拍照的。"我正要举起相机，一个大胡子中年男子走过来制止，操一口流利的英语，但面相却并不讨人喜欢。

"哦，不好意思，我不知道规矩。"我为自己的疏忽大意表示抱歉，立刻将相机收入包中。

"没有关系，这不怪你，先生，请允许我向你介绍一下这里吧，在我们印度教中认为，瓦拉纳西就是天堂的入口，所以每个信徒都渴望来这里结束生命……"大胡子自顾自地说着我已然了解的一切，而我却并不喜欢这样的主动"搭讪"，通常情况下这都意味着某些骗局，但出于礼貌，我还是默默地点点头。

"你知道在这里每天会有多少人死去吗？"大胡子见我对他的介绍并无多大兴趣，就改用问答的形式继续着对话。

我摇摇头，不作声。

"超过100人，所以当你走在大街小巷的时候，常常能和抬着尸体的队伍擦肩而过，而这里的火葬24小时都不会间断，人们都排队等着呢。"他的语气上扬，仿佛因为传授了我某种知识而感到骄傲。

"那你知道这些烧火的木头有多贵吗？"他一相情愿地接着问。

我依旧摇摇头，不作声。

"15美金一公斤，很贵，对吗？所以那些穷人或者孤寡老人根本就负担不起。"他非常具有演讲天赋，台词也背得相当熟练，而脸上则适时宜地露出悲天悯人的神情，接着直入主题："所以，先生，请你为那些无力负担木头费的穷人们捐点钱吧，他们非常需要你的帮助。"

"哦，那我应该捐多少钱呢？"我平和地问，心想狐狸尾巴终于露出来了。

"随你，100美金或者200美金都可以，刚刚一个德国人就捐了200美金。"一看有戏，他极力稳住激动的情绪，开始狮子大开口，试图制定100美金的下限。

"那我应该把钱给谁呢？"我继续平和地问。

"先把钱交给我吧，我是志愿者，再由我转交给那些穷人。"大胡子试

在水中观看恒河祭祀的人们

图以志愿者为幌子，好让我毫无戒备地交出钱来。

　　"可是我昨天刚刚捐过，也是在这里，钱给了另外一个志愿者，你们应该是同一个机构的吧？"不知为何，我的调侃越来越兴奋。

　　他的脸色瞬间变得有些尴尬，但很快平复，说道："没有关系，我们这里每天都有很多人死，每天都需要捐款。"

　　打着死人的幌子招摇撞骗本来就很可恶，而如此不要脸的回答更是彻底激怒了我，于是我厉声说道："那我难道就应该每天在这里给你们捐款吗？我不用生活了吗？我不用旅行了吗？我不用回家了吗？"

说完这一连串的"Fucking"，便大步流星地往前走，留下错愕的大胡子呆呆地站在原处，他一定在想为什么刚刚故事还朝着他希望的方向发展，只一瞬间，一个人的态度会发生如此大的转变呢？答案只有一个：我快被这些无止境的愚蠢的骗局，缠疯了。

　　穿过火葬场，一具具用白布包裹的尸体被架在厚厚的木堆上面，点燃，淹没在火海当中。生命不管存在多久，终有消亡的那一刻，而我们又为什么活着呢？这种关于生和死的哲学问题困扰了人类几千年，当然也不可能就在瓦拉纳西找到答案，但这确实是个引人深思的地方。

恒河之泳

有人笑称几乎每个前往印度的外国人都会经历一次拉肚子，否则印度之旅就是不完美的——看来我的印度之旅，能和完美靠上边了。

恒河的上游位于中国西藏阿里地区的冈底斯山，那里有个清澈见底、平如明镜的湖泊名叫玛旁雍错湖，传说是湿婆大神和妻子沐浴的地方，被尊为"圣湖"。印度教徒觉得恒河的水来自圣湖，自然就是圣水，能够洗脱其一生的罪孽与病痛，使灵魂纯洁升天。

神圣的恒河沐浴

在恒河边举办婚礼的一对新人

所以不管是恒河的上游、中游还是下游，不管是春夏还是秋冬，不管是一天当中的哪个时辰，总有印度教徒在河畔洗浴，其中最为壮观的要属瓦拉纳西的恒河晨浴。

每天清晨四五点钟，太阳慢慢升起，瓦拉纳西恒河岸边就已经人声鼎沸，活像一个大集市。

这其中有人正在刷牙，他们将一种吸管般粗细的树枝（一种生长在印巴次大陆的奇特牙刷树，其嫩枝和根是一种纯天然的护牙用品）刮开树皮之后轻轻咀嚼，等纤维变软就在牙齿上反复地蹭，既没有泡沫也不需要喷吐，之后双手捧起一捧恒河水，漱两口然后喝下去，这就是印度式刷牙。

有人正站在齐腰深的水中，用勺子将水舀起，一遍又一遍地从头开始往下淋。几轮下来，双手合十，轻轻地闭上眼睛，嘴里不出声地念叨些什么，大概是祈祷吧。

有人结束沐浴，用一块长长的布将腰部以下围裹起来，擦干，换上裤子。一系列动作都在光天化日下完成，却不漏一点缝隙，这是恒河之浴必修的技能。

无论男人、女人、老者或者小孩，都溢满了灿烂的笑容。恒河晨浴，一场涤荡灵魂的洗礼，若不是拥有几分因缘，怎么能够来到这里？

顺着台阶望去，高处正坐着几个打扮怪异、仙风道骨的老人。他们穿着统一的拖鞋和裹布，赤裸着上身，皮肤上涂满了白色的粉末，脖子上挂着层层叠叠的装饰物，胡子快到腹部，似乎跟头发一样长，大概几十年没有修剪过了吧。

这些就是传说中的苦行僧，一类为实践信仰而实行自我节制、自我磨炼、拒绝物质引诱、忍受恶劣环境压迫的人。印度教把人的一生分成净行期、居

苦行僧的造型，仙风道骨

家期、修行期和苦行期四大阶段，所以他们一般经历了学业、工作、成家立业等几个重要的人生阶段，待子女长大成人后，才离家出走，去当神的使者或仆从，过着居无定所、漂泊流浪的生活。

苦行僧的主要任务是冥想修行，通过把物质生活降到最为简单的程度来追求心灵上的解脱。这种修行是摆脱轮回之苦的捷径，所以千百年来长盛不衰。现在，印度的苦行僧还有约400万人。

对我这个无神论者来说，这样的方式是不能接受的，此生尚未过好，又何来谈来生？只不过这就是宗教的魅力所在，想起在印度某处看到的一句话："If we have to give up either religion or education.We should give up education（如果一定在宗教和文明教育之间选择一样，我们宁愿放弃教育）。"

傍晚时分，天气还是那种想死的热，我又来到恒河边，开阔的地方总是要舒服一点。找到一条无人看管的白色木头船，蹚河爬上去，轻轻坐下，静静地看着岸上那一排锈迹斑斑的建筑，想着这本该是离杭州很远很远的地方，却因为我的心向往了，身体也跟着来了，这就是旅行。

扭头的一瞬，突然看见一头牛的尸体从身边缓缓漂过。这让我想起很久以前看过的一篇关于瓦拉纳西恒河上面的各种人和动物的浮尸帖子。被泡得肿胀的尸体横着漂浮在河面上，就像一块块死水中的浮萍，没有一丝生机，而岸边不时地有野狗在吃腐烂的人肉，触目惊心。

这次刚到恒河边的时候，还在纳闷居然没有漂浮的尸体，问了当地人，说是这个时节的水流太急，尸体直接就被冲往下游了。

印度教认为火能洗清人生的罪孽，让灵魂得到超度。但有些人是不需要火的洗礼的，比如初生的婴儿，他们的双脚还未踏入人世，是没有罪孽的；再比如孕妇，既然婴儿没有罪孽，她们也是圣洁的；还比如那些苦行僧，他们用一生的苦修洗清了自己的罪孽。所以婴儿、孕妇和苦行僧死后是不需要火葬的，直接将遗体抛入恒河，最终跟着圣河流入无所不容的印度洋。

我目送这头牛渐漂渐远，思绪游离在生死轮回这些神幻之间，突然间听到背后有人在喊："嘿，朋友，加入我们吧。"回头一看，那是个和家人一起出来游泳的瘦高少年，穿着短裤，背着救生圈，傻傻地笑着。

我友善地摆摆手，心里知道虽然这恒河水看上去只是有点浑，但实际上里面包含有日常的生活废水、死人的骨灰、浮尸的腐烂物以及岸上人和动物的屎尿等等一系列重量级污染物，是非常脏的。在这样的水里游泳，恐怕会染皮肤病。

太阳又往西偏了一点，前来游泳的人越来越多，那个少年又在水里喊："来嘛，恒河水能够洗净你的灵魂，或许你这一生就这一次机会。"

"谢谢，但是我……"我欲言又止，觉得如果说出真实原因就不妥了。

"你是怕了吗？哈哈哈！"少年大笑着。

我脱下衣服，一个鱼跃，跳入恒河里面，就让你们的圣河，彻彻底底地洗涤我不太肮脏的灵魂吧！我奋力地向河中间游去，但脑子里挥之不去的是那些长眠在水底的人们，感觉有无数双手要拖我下去，心里越来越毛，于是调头游向岸边。

等到脚终于触碰到柔软的泥土，心中的恐惧消失了，我轻轻地站直身体，露出腰部以上的躯干，抹一把脸上的圣水，顺势捋一捋长发，感觉还不错，非常凉爽。洗澡的人们开始友善地泼水过来，黄色的皮肤昭示着我是这一区域唯一游泳的外国人。

半小时后，拖着湿漉漉的身子走回旅馆，路上遇到住同一个宿舍的日本男孩。

"你……下河游泳了？"他露出了不可思议的表情。

"是啊，刚刚上来。"我笑着回答。

"真勇敢。"说着他竖起大拇指。

回到旅馆洗完澡，不对，肚子疼得厉害，于是立马冲向厕所，捂着肚子一阵拉稀，腿都软了。我知道这就是恒河之泳的代价，也许原因就出在入水时不小心呛到了一口水。

之后的几天，拉稀一天比一天严重，无论是吃米饭、煎饼、恰巴提（一

人要沐浴，当然，牛也要沐浴

种印度碳烤薄饼）、咖喱还是水果，又或者喝果汁、碳酸饮料还是白开水，都会在进食后的5分钟内迅速转变为拉稀物，伴随着强烈的肚子痛，一泻千里。

而每到一个地方，第一件事情就是找厕所，虽然按照印度人的原则是在墙角等地方随地解决，但我终究没有那样的勇气。

每天40°的高温，却要尽量减少饮水，尽量减少外出，日子简直就没法过了。同屋的日本男孩和韩国男孩给我他们从自己国家带来的止泻药，我又去药店买了一些，但都不见效果，只能等着时间，去治愈这疾病。

经历这件事情之后，我就格外地佩服那些喝恒河水的印度人，每天饮用，毫无异样。或许是因为对神的信仰战胜了身体里面的病菌，又或许他们拉肚子的时候我没有看到，总之从表面上看，一切都挺不错的。

有人笑称几乎每个前往印度的外国人都会经历一次拉肚子，否则印度之旅就是不完美的——看来我的印度之旅，能和完美靠上边了。

火车灾难记

凌晨3点，近8个小时反复折腾，遭遇驱赶、威胁、敲诈之后，我终于抵挡不住，蜷缩着倒在包上。提波说看到一只老鼠从我脚边跑过，怀疑它爬进了我的包里，而我只是轻轻地拍了两下包，敷衍地告诉他老鼠已经逃跑了，然后又沉沉睡去。

印度的火车会把车厢分为三六九等，如同它的种姓制度一样。

条件最差的是座票，价格难以想象的便宜，大概的标准是每小时一两元钱人民币，是印度穷人们出远门的最佳选择。

在中国，座位车厢的票若是卖完了，就会改卖站票；而在印度，所有座票都是一样的，上面没有座位号，这就意味着和公交车一样，先上车的就有位置，后上车的只能站着。于是每次距离开车点还有两小时，就已经有人在座位车厢门口排队（印度火车站和火车之间是不设检票这一环节的），等到临近出发，早已经排了一条长长的人龙。

上车铃响，先头的人迎来等待的果实，脸上全是满足的微笑，而后头注定没位置的人则一副愁眉苦脸。此时会有某些不和谐分子（从外表看多半是不务正业的小青年）突然间窜出来，挤在妇女或者老人前面，试图插队。

但哪会有这么便宜的事情，很快，两个手持棍子的威猛警察以迅雷不及掩耳之势，将插队者一把从队伍中拎出来，接着举起手中的棍子就是一阵乱打，场面瞬间乱成一团，插队的人开始四处乱窜，再也不敢靠近门口，公正得到了捍卫。

这一切都让我很无语，我想也只有在不可思议的印度才会碰到如此啼笑皆非的坐火车方式。

条件稍好一些的是 Sleeper（卧票），大概每小时五六元钱人民币，是绝大多数外国穷驴的最佳选择。虽然门窗全部是打开的，窗外的风沙时不时会

卧票车厢的状况

飞进来，设备也只有两把根本就扇不到的电扇，但至少每人能有一张宽大的铺位，可以自由地躺着打滚，对于穷游中的驴来说，就该知足了。

条件再好一些的是 AC Sleeper（空调卧票），价格翻上两番，一般只有讲究的驴子和印度的富人才会选择。铺位更软一些，活动空间也更大（因为是封闭的，一般乘客不能进入该车厢），还有炎炎夏日中那空调带来的清凉绝对有非比寻常的诱惑力。

从焦德普尔到孟买，我的两个日本朋友塞克和马萨早就提前买好了空调卧票，而由于时间仓促，我和法国朋友提波只买到了座票。

座位车厢早已经被挤成了沙丁鱼罐头，几乎不留一丝缝隙，似乎透过铁皮就能闻到那股人与人之间的汗酸味。于是我和提波来到塞克和马萨的空调卧铺车厢，找到一排空的位置坐下，吹着空调的冷风，感慨着自己蹭到临时座位的好运气。

铿锵四人行，左边是马萨和塞克，右边就是提波

"请问你们有票吗？"这时一个中年印度男人走过来，还算客气地问。

"我们只有座票，暂时在这里坐一下"我也客气地回答。

"哎哎哎，那你们不能坐，这里有人的。"得知我俩没票，中年男人的语气立马发生180°转变。

"我们知道这里有人，只是暂时休息一下，人来了立马离开。"我有点不爽，但仍然耐心地解释。

"不行不行，我的家人下一站马上就上来了，你们赶紧走。"中年男人的语气变得不耐烦起来。

"你的家人一上车我们就走，我们保证。"我再一次解释。

"不行，你们必须马上走，不然我就叫乘务员了。"他的态度非常坚决。

这时候提波说话了："怎么？你不喜欢外国人吗？"

"不是……嗯……是……"这句精妙的提问瞬间弄得中年男人哑口无言，

他悻悻然地离开了，谁知没过多久乘务员来了。

"你们没有票，不能待在这里，只能去一旁的卧铺车厢。"乘务员非常严肃地说，甚至都没有事先确认我们是不是真的没票。

没办法，只好背着重重的行李换到卧铺车厢，哪知道没过多久，卧铺车厢的乘务员也来查票，这下可好，非把我们赶去座位车厢。

又一站到达（卧铺车厢和座位车厢是不相连的，只能到站换），这位乘务员亲自把我们押到座位车厢门口，然后就顾自回去，不管我们了。由于座位车厢实在人满为患，想再挤进一个背包都是不可能的，我们只能又逃回空调卧铺车厢。

之后又像踢皮球一样在3个车厢之间被碾来碾去，3个小时过去，再也折腾不动了。好在此时我们苦口婆心的解释终于起了作用，那个卧铺车厢的乘务员大发慈悲，赐予我们站在某节卧铺车厢的"权利"。

一放下包，周围的印度人就开始发挥他们的八卦本色，不停地搭讪，诸如"你们从哪里来的？""你们叫什么名字？""你们是不是很有钱？"他们天生就是爱问的民族，似乎对这个世界的一切都有着强烈的好奇心。

然后一个五大三粗的矮胖子出现了，开始撒泼："听说你俩没有票吧，这样，给1000卢比，你们就可以待在这里，否则……"他没有说完，但从那个意味深长的"否则"可以听出不怀好意。

"否则怎样？"我坐在挤出来的座位上，瞥了他一眼。

"揍你们。"他目露凶光。

1000卢比，这不是活生生的敲诈么，他嘴里仍然不依不饶地说着些什么，身体则慢慢靠近我，同时开始指手画脚，示意给钱，否则就挨揍。

我是个平和的人，总是以得饶人处且饶人为原则，总是在能帮别人的时候就毫不吝啬，总是想每个人生活在这个世界上都不容易。可从小到大没有受过这样的欺负，心中的无名之火在这样燥热嘈杂的环境中被瞬间点燃，忍无可忍。我"噌"地跳起来，瞪着眼前这个胖男人，眼睛与眼睛之间的距离大约15公分，由于我比他高，这样的俯视配合犀利的眼神相当有气势，他有

128

印度的火车从来不关门，是可以玩"外挂"的

些慌乱了，本能地向后退了一步。

"我要告诉你，在印度，我们是外国人，再怎么说我们也是客人，你们就这么对待你们的客人吗？为什么，为什么在这里遇见的每个印度人都是这个样子？我想如果你们去中国或者法国，绝不会受到这样的对待，你们是人，不是机器，不是动物，你们应该知道，人与人之间究竟应该如何相处！"说这段话的时候，一气呵成，酣畅淋漓，仿佛一段排练许久的台词，终于有上台表演的机会。我将这一晚上的委屈都寄托其中，加以愤怒的炮火，轰出去。

那胖子吓傻了，他没有料到反抗会来得如此猛烈，与先驱甘地传授的"非暴力不合作思想"有着如此天壤之别。他猥琐地退了出去，消失在视野中，欺软怕硬的本质显露无疑。

凌晨 3 点，近 8 个小时反复折腾，遭遇驱赶、威胁、敲诈之后，我终于抵挡不住，蜷缩着倒在包上。提波说看到一只老鼠从我脚边跑过，怀疑它爬进了我的包里，而我只是轻轻地拍了两下包，敷衍地告诉他老鼠已经逃跑了，然后又沉沉睡去。再也不管怎么样的姿势能够更加舒服一些，再也不去思考为什么火车上会有老鼠这样可笑的问题。

又过了 8 个小时，火车终于到达孟买。灾难一般的经历，我发誓从那以后若是买不到卧铺票，就再也不坐印度火车了，这样的人情世故，是彻骨的心寒。

而旅行就是这样，有高潮，有低谷，有快乐，有悲伤，有平和，有愤怒，无论如何，体验就好。

透过车窗思考的人生，会不会更加深刻一点？

米拉老师

临别的时候，气氛有些伤感，米拉老师将我送到汽车站，拥抱着说："很高兴认识你，我的徒弟，我想我需要一段时间才能让生活再次回到一个人的状态。"

六月的蓝毗尼还是如火一般地热，空气中似乎也弥漫着一股烤焦的气味。我背着 20 公斤的行李，穿着人字拖，像一只爬行在干燥路面上的蚯蚓，每移动一步，都会扬起泥路上的尘土，双脚的皮肤早已被染黑，心想韩国寺究竟在哪儿呢？

走着走着，一个典型欧洲脸的白皮肤女孩骑着一辆破自行车从身旁掠过，紧接着在 10 米开外处一个急停，用英文问道："你好，你是中国人吗？"

国外旅行的几个月中，总是被误认为日本人或者是韩国人，这是第一次有人开门见山地问我是不是中国人，我诧异于她准确的判断，本能地点头回应着。

得到肯定回答后，女孩爽朗地笑了，接着用流利的带着北京腔的中文说："哈哈，你好呀，你要去哪里？"

"韩国寺。"我嘴上脱口而出，心里却在想："走在偏僻的尼泊尔蓝毗尼某条不知名的路上，突然就被一个能讲流利中文的欧洲女孩主动搭讪，究竟是什么样的一种情况？"

"这么巧，我也住在韩国寺，走，我带你去。"说完她信心满满地拍拍自己的后车座。

我瞟了一眼那后车座，位置很低，细细的几根铁杠锈迹斑斑，看上去一点也承受不了我的体重，何况肩上还有那 20 公斤的大背包。

"会压垮的，我还是走路吧。"

"不会的，这是铁做的，很牢固，上车。"女孩的语气非常坚定，脸上

修了7年还这副模样的韩国寺，外观倒还真挺韩国范儿的

依旧挂着爽朗的笑容。

　　这种情况下只能恭敬不如从命了，我双脚分开地坐上去，而她则费力地缓缓起步。路面很不平坦，时常有坑坑洼洼，每次一颠簸，肩上背包的重量通过车座铁杠狭小的受力面积瞬间转化成巨大的压强，震得屁股麻麻地疼。我想说倒不如走路来得轻松一些，但看着她卖力地踩着脚踏，话到嘴边又咽了回去，所谓盛情难却，自然是却不得的。

　　"你的中文怎么这么好？"趁着路上忍痛的时间，我抛出第一个疑问。

　　"我在北京读过 2 年书，学的就是中文，非常喜欢中国。"

　　"原来如此，那你怎么看出我是中国人呢？一般人可都会认为我是日本人或者韩国人。”我接着抛出第 2 个疑问。

“不不不，你和日本人韩国人不一样，我能感觉出来。”

“哈哈，这都能感觉？那万一你感觉错了，我是日本人呢？”我没有说完。

“那我就让你自己走路慢慢地找。”她是个聪明的女孩，知道我话中的意思。

我大笑，不再说话，能够因为是中国人而受到优待，总是幸运的。

20 分钟后，我们来到韩国寺，广场上大片的沙石散乱地堆在绿树中间，一看就知道还未竣工。

正对大门的主寺是一栋透着韩国经典造型的三层建筑，里头除了一尊佛像，什么都没有，据说已经修了 7 年，尼泊尔工人出名的懒散使得工程一直进展缓慢；大门两侧是两栋简单的 3 层砖瓦水泥楼，每层楼被分割成蜂蛹一样的一个个房间，分别承担起宿舍、厨房、餐厅、传达室等职责。

之所以选择这里住宿，是因为其每天 200 尼币（约 20 人民币）的便宜床铺以及免费的一日三餐，哪个穷驴能不动心呢？但其实在韩国寺建起伊始，吃住都是免费的，后来背包客越来越多，才不得已将规矩改为象征性的每天 200 尼币，即使这样，结账的时候也不是工作人员直接收钱，而是自己把钱放

只有我一个人住的多人间，虽简陋，但宽敞

这差不多就是每天的自助餐了，可谓相当丰盛

到一个功德箱里面。

　　工作人员领我来到一个通铺房间，推开门，里头只有两把电扇和一盏灯，垫子和被褥被整齐地叠放在角落，看来我是这间房唯一的住客。

　　洗完澡晾好衣服，差不多 6 点光景，就听见一阵钟声。这时候那个欧洲女孩来敲门，说是晚饭时间到了，叫我一同前往用餐。

　　餐厅是一个一百平方左右的厅堂，门口处的石板上整齐摆放着盆碗勺叉等餐具，一旁平行的石板上则摆放着自助晚餐的各色食物，木质座椅有规律地布满大厅，一切看上去都井井有条。

　　拿了餐具，跟着队伍行进。食物有土豆咖喱、炒大白菜、米饭、水果以及韩国特色的泡菜，因为寺院的关系，都是素菜，拿多拿少全凭个人，但这里的原则是吃饱但不浪费。

餐厅里非常肃静，每个人都默默地低头吃饭，连勺子撞击餐盘的声音都听不见。所以我和女孩一起来到外面围廊的餐桌，这样可以边吃饭边聊天。

谈话中我知道她的名字叫做"米拉"，30岁，塞尔维亚人（尽管她总是称自己是中国人，我想她该有多么热爱中国），已经旅行过美国、墨西哥、澳大利亚、印度等十几个国家，每个国家她都要待上很长一段时间，好去深入了解当地文化的精髓。

"那你在蓝毗尼待了多久了？"我边咬着爽口的泡菜，边问。

"两个月了，还会再待上两个月。"她也咬着泡菜回答着。

"啊？这么久，那你每天都干什么呀？"我有些不能理解。

"看看书，做做瑜伽，思考一下人生，偶尔也去做个冥想（一种感悟人生的方式，一个课程一般为10天，整个过程不能说话）。"她笑着回答，语气很轻松。

"内容还挺丰富，你在哪里学的瑜伽？"

"印度啊。"

"我刚从印度出来，唯一的遗憾就是没学瑜伽，你能教我吗？"这是真心话。

"嗯……"米拉停顿两秒钟，接着说："看在你是中国人的份上，就勉强答应了吧。"

五千年前，印度的修行者们为进入心神合一的最高境界，经常独自在原始森林等人迹罕至处，静坐，冥想，从而体悟了不少大自然法则。将这些法则再验证到人的身上，逐步地去感应身体内部的微妙变化，于是人类懂得了和自己的身体对话，呵护健康，医治创伤。几千年不懈钻研，逐步推演出一套确切实用的养身健身体系，这就是瑜伽。

首先练习的是瑜伽的体位，一张泡沫防潮垫子铺开，两人左右分立，米拉老师先做一遍动作，然后讲好要领，我就跟着照做。由于条件简陋，没有镜子之类的设备，我也不知道自己的动作是否标准，但从米拉老师时不时地过来给我调整动作来看，我该不是个很有天赋的学生。

做完三轮，身体的汗水已经将衣服浸透，起身的瞬间，感觉整个人顿时神清气爽，看来对于我这个从未接触过瑜伽的人来说，效果真是立竿见影。此后米拉老师循序渐进地又教了几套课程，而我也慢慢进入状态，需要她纠正的地方越来越少。

等到体位合格，更需要注意的就是呼吸，吸气是接受宇宙能量的动作，屏气是使宇宙能量活化，呼气是去除一切思考和情感，同时排除体内废气、浊气，使身心得到安定。别暗示自己刻意呼吸，慢慢将潜意识里的呼吸还原到自然的状态，与身体的很多动作协调起来，如此一番修炼，又得到了另一种感悟。瑜伽这么古老的修炼方式，真的有其神妙的一面。

闲暇的时候我们也会一起看看书，逛逛各个国家的寺庙。蓝毗尼是佛祖释迦牟尼的诞生地，政府建立寺院区后，全世界的佛教国家都在这里建起代表自己国家特色的豪华寺院，看上去各领风骚，实则暗暗较劲，哪个寺院更加精美大气。

韩国寺的对面就是中国寺，也在建设之中，不过已经完工大半，远远望去有点紫禁城的风格。包工头是个40岁不到的大哥，每天晚饭过后的停电时分（在尼泊尔，停电是经常的事情，有个笑话说，在首都加德满都，如果哪个旅馆能够保持24小时不停电，那就是四星级标准了），都会坐在寺院门口一边抽烟，一边跟人聊天。

"你们住在对面每天要交多少钱？"有一天晚上大哥问我。

"挺便宜的，200尼币。"

"你看看，韩国人就是小气，你住个寺院还收什么钱嘛。等明年我们中国寺竣工了，所有的宿舍都可以免费住，并且带中央空调。"大哥语气中充满自豪，而我也配合地点头。

"所有食物都挑好的，全部免费，吃饱为止，我泱泱大国，不在乎这点钱。"大哥又是一通豪迈言语，虽然听着有点别扭，但仍然能感觉到那份民族自豪感。

"你等着吧，小兄弟，再过两年你回来看，我们中国寺一定是这里最漂

中华寺的大门，一看就知道是中华

亮的寺院，咱不能给国家丢人啊，你说是不是？"大哥接着说。

"嗯，是，咱肯定是最好的。"我也响亮地应答着。

混熟了之后，很多时候我和米拉都会去中国寺蹭饭。尽管也是素菜，也是粗茶淡饭，但是有中国烹饪的味道，可把我们给馋死了。

日落时分，门口道路的尽头，有一块靠着墙边的白色石头，坐在那里可以看到壮美的日落，壮丽中带着柔美。而每当这个时刻，总是会触发心底的许多情绪，挂念家人也好，思考前路也罢，总归思绪是游离的，天马行空地游离。

回来的路上，虽没有路灯，但绝对不会寂寞，因为一路都有萤火虫相伴。

关于萤火虫的记忆，只停留在上幼儿园的时候，那会儿我的家乡还没有经济大开发，小河还清，稻田还绿，每个夏天的晚上，我都会和邻居小朋友一起，走上长长的一段夜路，目的只有一个，抓萤火虫。如今原有的稻田早已经被高楼大厦取代，所有的道路都装上明亮的路灯，即使真的还有萤火虫，也看不到它那微光了吧。

想到这里，看着眼前闪烁的星星点点，我竟然有种流泪的冲动，我想我是被这份原始打动了。

一个星期之后，我学满了米拉老师几个课程的瑜伽，可以出师了，前往下一个目的地。

临别的时候，气氛有些伤感，米拉老师将我送到汽车站，拥抱着说："很高兴认识你，我的徒弟，我想我需要一段时间才能让生活再次回到一个人的状态。"

"我也是，我的老师，我也需要一段时间才能让生活再次回到一个人的状态，感谢你教给我的东西，其实并不仅仅是这些，感谢你的那份中国情结，但愿我们能够再次在路上相逢。"我紧紧地抱了她一下，转身上了车，不再回看一眼。

免费的老年团导游

他们快乐向上，他们懂得感恩，他们以无比的热情迎接着生活，他们让我感觉原来年轻不是指脸上没有长皱纹，而是心里没有长皱纹，永远平滑，不染哀伤。

抵达博卡拉，第一个感觉就是凉快，两个月终于第一次感觉太凉快了。

由于地处喜马拉雅谷底，终年雪山环绕的博卡拉气候宜人，此时正值雨季，空气更是格外清新。值得一提的是这里的海拔只有 800 多米，是世界上唯一一站在 1000 米海拔以下就能望见 7000 米海拔以上雪山（安娜普尔纳峰）的地方。

背着大包走在博卡拉街头，丝毫没有格格不入的感觉，擦肩而过的绝大多数都是外国游客，操着各种不同的语言，三三两两成团。

这当中以中国游客居多，熟悉的中文再一次随处都能听到，还真备感亲

简体繁体中文一起来，看来是要将中华民族的顾客一网打尽了

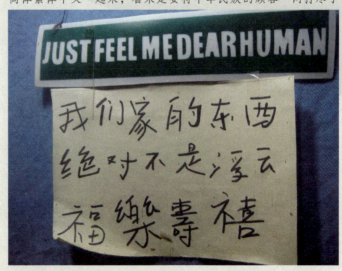

右边的就是燕巢旅舍的老板Tim

切，有一种提前回国的幻觉。而街边店铺的广告语更是再一次加重这种幻觉，什么"童叟无欺"，"我们家的东西绝对不是浮云！"等等，绝对一句比一句潮流。看来在这里，中国游客的购物实力不容小视。

半小时后拐进一条小道，我来到了事先订好的"Giri Guest House（燕巢旅舍）"，一栋三层高的别致楼房，墙壁是蓝灰相间的青石砖，院子里一个小凉亭被簇拥在各类盆景中间，看上去既清新又安静。

选择这里是因为在加尔各答的时候，意外地遇见一个刚刚游遍尼泊尔的中国驴友，从他口中听到一个浪漫的爱情故事：从前有个年轻帅气的尼泊尔小伙子，是一名ABC大环线（安娜普尔纳峰的一条徒步线路）的徒步向导，有一天他接了一个杭州姑娘的生意，历经十天的艰苦徒步，两人坠入爱河，确定彼此就是一生想要寻找的那个人，于是几个月后，他们结婚了。杭州姑娘放弃原有的生活来到遥远的博卡拉，和丈夫一道经营起一家旅舍，就是燕巢旅舍。

刚进门，老板Tim就热情地迎了上来，乍一看，干净利落的短发，浓眉大眼，健康的小麦肤色，果然是个不折不扣的帅哥。

"我是杭州来的，你老婆呢？"我开口就没正经地问着，期待一场老乡见老乡，两眼泪汪汪。

"哈哈，她怀孕了，正在杭州休养呢。"见到半个"娘家人"来，Tim的口气也轻松了不少。

"哎呀，真可惜，看来这次是无缘相见了。"我有一点点的小失望，没有见到那个传奇女子。

"没有关系，总会见面的。"Tim淡淡地说。

闲聊几句，了解些基本情况之后，Tim领我来到一个标准间，里面一个长发长胡子、长相酷似耶稣的白皮肤年轻人正在整理东西，一看就是那种旅行很久的"金刚驴"。

"这位是来自加拿大的迈克，刚一个人骑自行车从荷兰来到尼泊尔，你们都是那种很厉害的环球旅行者，如果不介意可以一起拼住，每天150尼币（约15块钱人民币），既降低了房费也多了个朋友。"体谅到我们都是穷游，Tim非常真诚地找出这个方案。

"为什么不呢？"我爽快地答应了，能和横穿欧亚大陆的勇士同住，必然又能学到不少东西。

此后的多个晚上，我和迈克都尽情地聊到深夜（经过7个国家的磨炼，我的英语水平已经能够应付绝大多数的话题，包括宗教、政治等等），聊风景，聊美食，聊欺骗，聊帮助，聊兄弟，聊姑娘，聊这一路上的快乐与哀愁。他有一把粘满各国硬币的小吉他，总会在沉思的时候非常应景地弹上一曲，乐曲悠扬地传出，那是种在路上的滋味。

左边是大爷，右边就是赵叔叔和程阿姨

    某个中午，我正在亭子里百无聊赖地上着网，两男两女四位花甲老人住进了旅舍，从此亭子里总是一副热热闹闹、和和睦睦的情景，我也才真正感受到什么叫"家有一老，如有一宝。"

    四位老人中最活跃的当属程阿姨，身材微胖，卷发蓬松，面相和蔼，是一名退休的语文教师。别看年纪上已经是奶奶级别，可程阿姨的生活绝对与年轻人接轨，什么唱歌、跳舞、聊QQ样样在行，说话间也时常会冒出"伤不起"、"有木有"之类的当红网络词语，真是语不惊人死不休，常常惹来不少欢声笑语。我不禁感叹："好时尚的一个老太太啊！"

    身旁的赵叔叔是程阿姨的老伴，一米七左右的身高，体型魁梧，笑起来国字脸下的双下巴就会越发明显，非常和蔼。赵叔叔退休之前也是一名老师，教生物，言行举止非常儒雅。大多数时间总是一个人默默地看书，当然如果你和他讲话，他就会立马停止阅读笑脸回应。这说明了一种生活状态，沉淀的同时不忘和这个世界保持着温柔的联系。

老两口退休之后，就经常结伴游览祖国的大好河山，渐渐地随着旅途经历的增加，胃口也不仅限于中国。虽然他们的英语水平几乎为零，但并不影响他们出国猎奇的热情，凭借着肢体语言等已经自助旅行过好几个国家了。这让我想起最近正热的"花甲背包客"（一对北京的老年夫妇卖掉房子环游五大洲的故事），语言不是问题，经济不是问题，唯一的问题就是那颗出发的决心，那颗想看世界的心。

老人团的另一位女性是来自武汉的张阿姨，60岁，瘦瘦小小的身材，扎着马尾辫，说话的时候总是小声细语。但谁也不会想到柔弱的外表下掩藏的是一颗狂野的心，她用53天时间，从武汉出发，一路骑自行车，经过川藏线，直到拉萨。

阿姨腿上有一块还未完全愈合的伤疤，她说她是车队中唯一的女队员，有次为了能够跟上那些男队员（也是老年人，总是埋怨阿姨骑太慢拖后腿），就一刻不停地赶路，试图以时间来弥补速度。结果由于太疲劳，一不注意翻车了，流了一地的血，还留下了这块伤疤，从那以后她就脱离了车队，一个人骑。

我打心里为这位坚强勇敢的张阿姨感到骄傲，即使换成身体健康的年轻人，也难有那个勇气和毅力把这西天取经般的路程坚持下来，而一位花甲之年的女性，做到了。我中华之大，真乃神人遍地。

最后是位来自北京的大爷，68岁，一米八的身高，体型壮硕，气宇轩昂，浑身上下透露出一股刚强和正义之气。

其实早在18岁那年，大爷就已经来过尼泊尔，那时候他是一个工程兵，负责修建中尼公路边境交界处的那一段。中尼公路1961年开建，北起当雄县的羊八井，经过日喀则、定日、聂拉木，再通过樟木口岸的友谊桥进入尼泊尔，直到加德满都，公路全长近千公里。

去过樟木口岸的朋友都知道，边境所处的那段路山高谷深，地形险峻，而且降水量特别集中，雨水侵蚀山体，滑坡、碎石、山崩、泥石流等自然灾害时有发生。20世纪60年代，那是一个人民吃不饱穿不暖的年代，更别说什么修路设备，战士们只能靠铲子挖，靠炸药炸，艰难地一段段修路。

恶劣的自然环境加之落后的机械设备使得意外频发，几乎每修一公里的路，就要以牺牲一名战士为代价，当时大爷的好多战友都永远地长眠在那雪域高原的祖国边境。

所以这次大爷来尼泊尔，不是为了什么观光旅游，而是再来看看曾经用热血青春为之战斗过的地方，再来缅怀一遍那些早已缅怀过无数次的阵亡战友们。当被问道为什么选择50年后的今天才故地重游，大爷说现在身体还支撑得住，还走得动，但若年纪再大一些，恐怕就真的有心无力了，平实的言语却听出了岁月的无情。

儿子和儿媳妇第一次听说大爷要一个人重返尼泊尔，双双反对，认为这么大的年纪，去自然环境捉摸不定的高原，真的太危险了，万一有个三长两短，该如何是好。但老爷子执意说人生无常，这是最后的一个愿望，终于，几个月后，成功上路。

那天赵叔叔下厨，做了一桌中国菜

144

美丽的费瓦湖一角

　　经济并不宽裕的儿媳妇特意跑去商场买了相机、冲锋裤等装备，好让老爷子的愿望实现得更加完美，所以每次一提起儿子媳妇，大爷总是乐得合不拢嘴。

　　大爷随身带着一个包裹着蓝色外皮，纸张早已发黄的旧日记本，里头工工整整地记录着修路那3年每天发生的事情。"1962年5月23日，今天又要进行爆破，炸药爆炸之后，山上的碎石滚了下来，***同志由于躲避不及时，头部被拳头大小的石头击中……"读到这里，大爷的情绪再也无法控制，泪水止不住地流下来。

　　我走过去，安慰他："大爷，都过去了。"希望我的拥抱和安慰能够缓解哀伤的情绪。一个老兵的眼泪，若不是情至深处，又怎能轻易地让我们看到呢？

　　有一天晚餐，众人围着说笑，我问一旁严肃的大爷："大爷，你们修路那会儿的艰辛我们都了解，但总有些开心的事情吧？给我们讲讲。"

　　说完大伙开始起哄，争着说要听。

　　"那会儿单纯得很，天黑了战友们就聚在一起烤烤火，聊聊天，这应该就是最开心的事情了吧。"大爷沉思了一下，淡淡地说。

　　"那个年代全国都闹饥荒啊，你们都吃什么呢？"另一个驴友提问。

　　"嗯……那会儿也吃米饭，有时候会打只藏羚羊改善一下伙食。"大爷依旧面不改色。

　　"藏羚羊！那可是国家一级保护动物啊！"众人瞪大眼睛，表示不相信。

　　"嘿，那是现在，那会儿哪有什么偷猎，藏羚羊遍地都是，多得很。"大爷微微一笑。

　　"那都怎么个做法呢？烤吗？"那个驴友接着问，看来是个吃货。

　　"有时候烤，有时候也挖点冬虫夏草放在一起炖，那味道，我到现在都忘不了。"大爷笑得更灿烂了，接着说："哈哈，不管是怎么样艰苦的岁月，总有那么多难以忘怀的记忆，真好。"

　　是啊，人生，不就是苦中作乐吗？

　　这4位老人以前都不认识，到了樟木口岸，才在机缘巧合之下相识，就结伴而行。他们一路上靠着年轻人的帮助沟通买票，一站一站来到博卡拉，现在该我接起这份传承了，让这4位满载故事的勇敢老人，能够快快乐乐地畅游博卡拉。

　　有一天，他们说吃够了餐馆的食物，想自己做饭，于是我就带他们去市场买菜，完了借旅舍的厨房做饭。赵叔叔是"大厨"，在家的时候就经常做饭，手艺惊人。这一餐我尝到了久违的中国家常菜。

　　有一天，他们说想去划船，我就带他们来到费瓦湖边，找了一艘靠脚踩来提供动力的多人船，一群人漂浮在风景如画的费瓦湖上，清风吹来，将笑声传得更远了。

那天一路攀爬，直到山顶的世界和平塔

　　有一天，他们说想去爬山，我就带他们倒了两班当地的公交车来到山脚，接着爬了2个小时，来到山顶的世界和平塔，恬静的费瓦湖就在山脚，而安娜普尔纳雪山就在视线所及处若隐若现。

　　其实我对这些事情都没有兴趣，只是能够看到这帮老人发自心底的笑容，就比干什么都开心。他们快乐向上，他们懂得感恩，他们以无比的热情迎接着生活，他们让我感觉原来年轻不是指脸上没有长皱纹，而是心里没有长皱纹，永远平滑，不染哀伤。

　　一个刚下完雨的午后，程阿姨午睡醒后，找到亭子里上网的我说："小王啊，我们商量过了，明天就要回博卡拉了，麻烦你最后一件事情，帮我们买汽车票。"

　　"您看您见外了，还说什么麻烦呢，我待会儿就去买。"听到这个消息我的心里有些失落，但嘴上还是微笑地回答着。

　　"这些天多亏了你啊，又做翻译又当导游，说真的就算是亲生儿子也很

147

少有这样的耐心每天拖着 4 个老家伙，你这孩子，真是……"说话间，阿姨的眼眶有些湿润。

我赶忙轻轻捏了捏她的手臂，嘴上说着："阿姨，您别这么说，这些都是我乐意做的事情，能和你们一起玩真的是我旅途中最快乐的事情。"可心里，也有不舍的泪流下。

后来，程阿姨和赵叔叔回国后在家里待了一段时间，又去欧洲玩了一趟。每次 QQ 上线，程阿姨都会来跟我打招呼，"小王啊，你最近在忙什么啊？""小王啊，你结婚了可要通知我们啊，我们一定去。"看得我心里暖暖。萍水相逢，多了个这么贴心的长辈，真好。

后来，听说大爷回到樟木之后，去祭拜了那些牺牲战友们的墓碑，边境部队官兵听了他的事迹，还特地组织了一场座谈会，让年轻官兵也感受一下前辈们的那段峥嵘岁月。

真心祝愿他们，能够永远按照自己想要的方式，生活着。

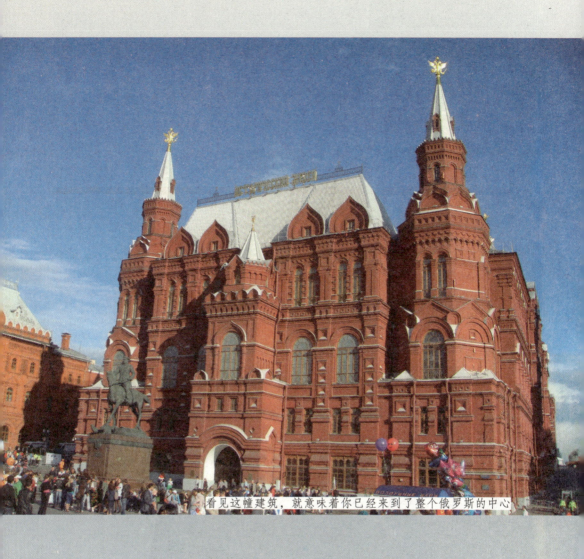

看见这幢建筑，就意味着你已经来到了整个俄罗斯的中心

第三章

孤寂星空下的 俄罗斯

俄罗斯军营记

那一刻我感觉到了深深的温暖，而那张帅气的脸也会永远留在我心中，很久以后我都会回忆起，曾经在俄罗斯后贝加尔的边境，被一个俄罗斯大兵，帮助过。

俄罗斯边境的后贝加尔与中国边境的满洲里虽然在地域上只隔了短短十几公里，但物价相差甚远。在满洲里，二三十元钱的小旅馆到处都是，而在后贝加尔，最便宜的旅馆房间都要 100 元钱人民币起步，对于我来说，花 5 倍的价钱去住国内二三十块钱标准的小旅馆，是绝对舍不得的。

一出边境，货车立马也变换了造型

150

穿着蓝色制服，头戴斯大林时期风格帽子的车站警察

　　既然舍不得住旅馆，脑海里的第一个想法就是夜宿火车站候车厅，这样的公共场所通常都有警察保护，安全系数比较高。

　　最后一班列车离开之后，后贝加尔火车站的候车厅就几乎只剩打扫卫生的工作人员。他们麻利地拖着地，擦着窗户，过了大约半小时，这些工作人员也下班了。这下可好，空荡荡的候车厅就仅剩我一人，在身旁大背包的映衬下显得那么孤独。

　　正在这时，进来两个壮实的警察，头戴一顶类似斯大林时期风格的帽子，穿着蓝色制服，腰间斜挂着一根电棍，面部表情并不太友善。

　　想起在满洲里的时候，遇到好多曾经去俄罗斯打工的人们，听闻我要孤身一人前往俄罗斯，目的还是为了旅游，都非常不解地提醒："那地方危险得很，俄罗斯人对中国人有偏见，尤其是俄罗斯警察，每次见到中国人都会以各种理由敲诈些钱，你不给就把你关起来，一定要小心啊。"弄得我有些紧张。

两个警察并不会讲英文，只是叽里咕噜地说着些我完全听不懂的俄语，同时做了一个请我出去的手势。

我一边用英文解释着希望能在候车厅过夜的想法，一边用手势比划着，那表情之真实，态度之诚恳，绝对已经感动到了我自己，希望能够换得一份夜宿火车站的"福利"。

两个警察听懂了我的诉求，但还是用双手在胸前做了一个十字状，禁止的意思，并领我来到公告栏里的一张告示面前，上面用俄英两种文字写着："每

一幢活像《指环王》中魔都样子的七层建筑

天最后一班火车离开之后，整个候车厅就会关闭，所有人员禁止停留。"

看来没什么好说的了，人家的规矩，不能破坏，于是背起包悻悻然地离开了火车站。

既舍不得住旅馆，也不能夜宿火车站，排除法将我推向唯一的选择，那就是找个靠谱的地方搭帐篷。尽管边境地区可能并不安稳，但想到曾经在荒山野岭都搭过帐篷，又有什么好怕的呢？

我沿着铁轨旁的泥路一直走着，太阳和地面所呈的角度越来越小，而气温也渐渐有所下降。大约过了十几分钟，来到一幢活像《指环王》中魔都样子的七层建筑前。大楼还未完成，灰色的砖头像一个个士兵一样整齐地裸露在外墙，中空的窗户仿佛一张张血盆大口，随时都有可能将人吸入它无尽的腹中，在这种荒凉的背景之下，看上去充满恐惧。

我将背包卸下，却看见地上满是啤酒瓶和香烟屁股，早就听说俄罗斯人对于烟酒向来有着狂热的追求，看来此言不虚，这些莫不然就是酒鬼在此处聚会的铁证？若真是这样，万一他们夜间聚会的时候无意中发现了我，在迷醉状态下不知道会干出点什么事情来呢，想到这里，心中燃起一阵恐惧，这该不是个扎营的理想地方吧。

正在思考该去哪里寻找更加合适的扎营地点，只听一阵急促的引擎轰鸣声，接着一辆绿色的皮卡车直直地停在十米开外处。四扇车门同时打开，下来四个彪形大汉，由于逆光，只能看到大概的轮廓。

面对这情形，我首先想到："不会这么背吧？刚出境就被打劫？"

很快，那四个大汉出现在眼前，统一留着短发，穿着高筒皮靴，紧身的迷彩T恤勾勒出完美的肌肉线条。我知道原来这些是镇守边境的俄罗斯大兵，顿时松了一口气，遇到军队总比遇到劫匪要好，至少不会乱来吧。

带头的俄罗斯大兵长得非常英俊，有点像美剧《越狱》的男主角，他用俄语问了一句话，见我听不懂，就接着用蹩脚的英语问："你……哪里……来自？"

"中国。"我老实地回答。

"你的……护照。"他接着问，只是单词是一个一个吐出来的。

于是我拿出护照，找到俄罗斯签证那一页，恭敬地递了过去。

"俄罗斯……你……做什么？"那个帅大兵一边低头翻看着护照上的其他签证，一边继续用断点的单词问。

"我是旅行的，已经去过好多国家了，准备穿越西伯利亚去非洲。"我一边解释，一边配上些肢体语言，但从他疑惑的表情来看，应该没太听懂。

"你……想……干什么？"他继续吐着单词。

"我没有搭上最后一班离开后贝加尔的火车，准备找个地方扎营过夜，就找到了这里。"我继续解释，配上了更多的肢体语言。

"旅馆？"当看见我双手合十放在耳边这个动作时，他蹦出了"Hotel"这个单词。

"这里的最便宜的旅馆也要400卢布（1卢布大约折合2角钱人民币），对于我这样的旅行者来说太贵了。"我依旧解释着，不管他能不能听懂，这至少代表我的真诚，同时摸了摸口袋，意思是没有钱。

听到这里，帅大兵的脸上露出了为难的神情，他熟练地点起一颗烟，闷闷地抽了一口，接着招呼另外三个同伴，用俄语激烈地展开了一场讨论会，我猜其内容该是如何安置眼前这个中国旅行者。

大约过了一颗烟的时间，讨论会结束，帅大兵让我跟他上车，随即另一个大兵将我的行李拎到皮卡车内，拎起40几斤的行李对他来说就如同拎起一只蚂蚁那般轻松。

我不知道他们要带我去哪里，但坐在车里，丝毫没有紧张，相反，心情是快乐的，因为我明白，这将会是一段不同寻常的经历，而这些俄罗斯大兵也绝对不会对我不利。

5分钟的车程，我被带到了一个军营，帅大兵将我领到一个蒙古包一样的帐篷里，里面围坐着一大群俄罗斯大兵。他们本来都默默地抽着烟，见到我这个打扮奇异的中国人，顿时热闹起来。

这些大兵都不懂英文，只是用异样的目光打量着我，不时和身边人讨论两句，而我则微笑地回应着每一个疑惑的眼神，不停用"Hello"打着招呼。

"你……饿吗？"没过多久，那个帅大兵进来问。

"嗯。"我心想真是不错的人儿。

"跟我来。"说完他领我进了厨房。

刚要准备食物，就听见外面有人招呼，帅大兵出去交头接耳几句，随即回来对我说："嗯……中国女人……睡觉……"于是我大概明白了，他们找到了一个可以留宿我的中国女人。

前往中国女人家的途中，那个帅大兵与战友嬉笑着，大概是为帮助了一个中国人而开心，可我却有些莫名的失落，如果能够夜宿军营，体验他们的生活，或许对我来说更有意义。

15分钟后来到目的地，这是个边境处的修理店，而那个中国女人就是老板娘。见了俄罗斯大兵，老板娘出门相迎，客套地回应着，答应一定将我照顾好。

接纳我的修理店老板娘

帅大兵走的时候,和我拥抱告别,然后才上了车,他探出头来,竖起大拇指,笑着说:"好……俄罗斯……边境……"

那一刻我感觉到了深深的温暖,而那张帅气的脸也会永远留在我心中,很久以后我都会回忆起,曾经在俄罗斯后贝加尔的边境,被一个俄罗斯大兵,帮助过。

这是个相通的世界,无论什么肤色,什么国籍,总有人会愿意不计回报地伸出相助之手。旅行教会人相信,这个世界还是好人多。

穿越西伯利亚的火车

这就是现实中的西伯利亚，并不荒凉也并不孤独，只是一切都很安静，一种很大气的安静。

有两趟列车从北京开往莫斯科，一趟经过蒙古国进入俄罗斯，另一趟则直接从满洲里口岸进入俄罗斯，都需要穿越西伯利亚，都需要六天五夜的时间，也都有一条霸王条款，那就是只能通过中国国际旅行社购买车票，票价是昂贵的 4000 元人民币，并且中途不能下车。

为了免受霸王条款欺负，也为了在西伯利亚腹地城市停留，领略由浩瀚的贝加尔湖、金黄的白桦林以及坚固豪放的俄罗斯农庄组成的西伯利亚风情，我决定先从满洲里口岸进入俄罗斯，接着分段买票，这样既可以达到目的，也能省下大约百分之四十的经费。

省钱的事情多半是以操心为代价，果然，首先在买票这一环就遇到了相当大的考验。俄罗斯火车站的售票员大多是四五十岁的阿姨，超胖的身材（俄罗斯女子年轻时候都是一等一的美女，一旦结婚生子，身材就会严重走样，直至终老），戴着厚厚的金属框眼镜，完全听不懂英文。

任何的英文问询都是无果的，最终的出路只有两条：寻找能讲英文的俄罗斯人做翻译或者将目的地名字和出发时间抄录到一张纸上，递进去。最后终于买到车票。

俄罗斯的火车车厢分为四个等级：一等车厢是两人一间的包厢，拥有独立的卫生间和洗浴室，当然，价格昂贵，只适合贵族出行；二等车厢要便宜一半，四人一间的包厢，公共卫生间；三等车厢就是国内所说的硬卧大通铺，价格还要再便宜一半，大概是每小时 15 元人民币，这是大多数俄罗斯人出行的最佳选择，也是我的选择。

一上车，列车员就会分发一套密封的床单枕套，自己动手铺床，等到下

三等车厢，环境依旧相当整洁

车时，再自行取下折好，放到回收区，绝对的自助形式。而国内的硬卧，列车员会在始发站将床单被子全部铺好，但若中途有人下车，床单被套是不更换的，这样对后面新来的该铺位乘客而言，是非常不卫生也不公平的。这样想来，俄罗斯火车的服务却是人性化许多。

　　俄罗斯火车的大通铺的布局大概和国内硬卧车厢相同，只是由于俄罗斯人通常人高马大，就取消了上铺，只分中下铺，这样就提供了更大的睡觉空间，更加舒适。而国内卧铺车厢靠近车窗的那个小憩的座位，只能坐下半个屁股的这块面积，则也被改成了卧铺，用餐时可以翻起当桌子用，这又是人性化的设计。

　　我的对铺是一对母子，年轻的妈妈蓝眼睛，长睫毛，挺鼻梁，白皮肤，金头发，拥有俄罗斯美女的典型五官；小男孩大约 5 岁，留着短发，皮肤白皙，每当他那双扑闪的大眼睛好奇地盯着你时，总觉得他长大后会是个坏坏的帅男孩。

妈妈很嗜睡，有百分之八十的时间都在合眼中度过，而小男孩只能百无聊赖地拨手指玩。每当有上厕所的同龄人笑着从通道跑过，他都会探出头去傻傻地打招呼，即使从未得到过回应，也依旧天真烂漫地笑着，这就是孩子的天真。

偶尔上铺的阿姨觉得孩子可爱，会丢给他一只香蕉，他就耐心地剥开皮，一口一口吃着。偶尔我也会无聊地扮鬼脸逗他玩，不管经历多少次，他总是笑得前扑后仰。孩子的世界里，快乐总是来得更加容易一些，因为无知而快乐，不用去探索人生之路，不用去理会世态炎凉。

隔着通道有一对花甲之年的夫妇，丈夫戴着金丝眼镜，头发花白，一看就是文化人，我猜是大学教授；妻子虽然已经皱纹满面，但也仍然涂着艳丽的口红，穿着得体，坐姿优雅，像是中国的贵妇人，出门绝不会失了身份。

这种翻起可当桌子，翻下可当卧铺的设计非常巧妙

159

这就是那个小男孩，非常可爱

　　午餐时间到，他们将卧铺改成餐桌，西红柿、面包、黄油、黄瓜、火腿、果酱还有酸奶，悉数摆上，活像一个调色盘，而食物的香味也瞬间散发开来，连锁反应，弄得整节车厢都是。这些就是火车上俄罗斯人的主要食物了，想吃什么就用刀随手切下一小块，放到嘴里，咀嚼一番，接着下一种食物加入，这样的轮转是俄罗斯风格的饮食文化。

　　记得曾经有个荷兰人告诉我，他很怀念中国火车的泡面文化，餐饭时间一到，所有人都开始泡方便面，麻辣味、泡椒味、海鲜味应有尽有，那些扑鼻的香味总是和脚臭味、汗臭味混在一起，让人永难忘记。如今在俄罗斯车厢，热狗味、奶酪味、香水味和伏特加酒味混在一起，亦成了永难忘记的一种独特味道。

　　阳光透过车窗照射进来，妻子笑容明媚地看着窗外的风景，举手投足间迎来丈夫关爱的目光，空气中弥漫着爱情的小温馨。我想，等到老去那天，若能和真爱的伴侣一起，坐着火车，去看那些远方的风景，旅行就是另一种滋味了吧。

睡在我上铺的兄弟是个十足的酒鬼，上车那会儿就是醉的状态，连床单都懒得铺，倒头便睡。

醒来做的第一件事情就是上厕所，完了拿出伏特加（一种以多样谷物为原料，用重复蒸馏、精炼过滤的方法除去酒精中所含毒素的高浓度酒，一般都在 50 度以上，口感烈，劲大刺鼻，价格大约几十元人民币一瓶，是俄罗斯人最爱的酒）和果汁接着喝，一口伏特加下肚，紧跟上一小杯果汁解烈，不一会儿就又醉了，爬上床铺继续睡。对于他而言，无论多远的旅途都不过白驹过隙，眼睛一闭一睁，一天就过去了。

这样的情况不是特例，每次行走在通道里，都有相当高的几率能够碰到酒鬼，那发红的眼睛和高大的身材配在一起，就像个暴躁的怪物，谁也不能确保接下来会发生些什么不愉快的事情。所以许多俄罗斯女性宁可睡嘈杂的大通铺，也不愿选择更高级的二人或者四人包厢，因为很有可能，里面正躺着一个醉汉呢。

我不知道为什么俄罗斯人如此酷爱喝酒，但想想那些拿着酒瓶在大街上摇头晃脑走着的人们，会明白酒之于俄罗斯就像茶之于中国，

火车经过世界上最深的淡水湖贝加尔湖，阳光照射下，湖水蓝得令人心醉

西伯利亚的那些小村庄——木屋，花园，生活好惬意

已然成为一种文化，于是有浪漫的人会说："如果没有喝过伏特加，那就是没有来过俄罗斯"。

最早听说西伯利亚是在小学的地理课上，那时的地理老师是个戴眼镜（镜片厚得看上去都能挡住子弹）的中年妇女，每次说到西伯利亚，就是各种形容恶劣环境的词汇，仿佛那是个生命禁区，仿佛那是个万丈深渊。

那时候我不知道西伯利亚指的是乌拉尔山以东，整个亚洲大陆的北部；不知道它的面积有 1276 万平方千米，比整块中国大陆版图还要多出三分之一；只知道它总是与雪域、严寒、空旷、野蛮联系在一起。如果上帝把人丢于此，大概结局不是冻死就是被吃掉吧。

如今我亲自来到这里，来到这片从前想都不敢想像的土地，发觉事实并非如此。

车窗外未发黄的白桦林排排屹立着，似一个个站岗放哨的士兵，履行着自己守护者的职责。涓涓的流水在草坪中穿梭而过，在鹅卵石的映衬下，滴滴答答流向无尽的远方，宛若一位下凡的仙女，梳理着自己细腻的长发。

　　一个个散落的村庄不时掠过，通常是彩色屋子，玻璃大棚里种着各种花或蔬菜。远远就能望见手舞足蹈的孩子在追着自家的狗玩耍，挥汗如雨的男人在蹲着修皮卡车，而扎着头巾的女人在晒刚洗的衣服，一切看上去都生命盎然。

　　这就是现实中的西伯利亚，并不荒凉也并不孤独，只是一切都很安静，一种很大气的安静。

独一无二的莫斯科记忆

　　我一幅一幅地耐心欣赏过去，任凭地铁一列列呼啸而来，一列列飞奔而去。仿佛穿越时空隧道一般，那个曾经无数次被历史教科书提及的苏联时代，那个曾经强大到敢与美利坚合众国冷战的苏联，那么真实地还原在眼前。

　　106个小时的间断式马拉松卧铺，10天的辗转腾挪，5个城市的中途逗留，我终于在一个阳光明媚的下午，顺利抵达莫斯科——一座这辈子不去一次绝不甘心的城市。

看见这幢建筑，就意味着你已经来到了整个俄罗斯的中心

提到莫斯科，每个人脑海中都会浮现出一幅不同的景象。或许是打破德军不败神话的莫斯科保卫战，或许是红场上规模盛大的大阅兵，或许是夜幕降临后满大街的灯红酒绿，又或许是 twins 所唱的"莫斯科没有眼泪"。

而我脑海里的莫斯科，是所有这些景象的层层混搭，是历史与现代的叠叠交融，是散落在心底的片片记忆，悠远而深邃。

第一次来到红场周边的某个地铁站，墨绿色的大理石包裹整个外墙，象征无产阶级的"镰刀榔头"党徽被高挂在顶端，历经几十年的日晒雨淋，黄铜材质的颜色慢慢褪化成了淡淡的锈绿。这样的外观造型，一看就知道是苏联时期留下的建筑。莫斯科人注重城市历史的保护，所以即便 20 世纪 90 年代顷刻颠覆一切的民主制改革，也丝毫没有影响到这些建筑的存在。

走进里面，没有现代化的自助式售票机，全部都是人工售票，28 卢布（约 7 元钱人民币），换来一张手感光滑的乘车卡，上面简单地印着一排地铁的图案和一些看不懂的俄文，很精致。

地铁站的铜像雕塑，狗头已经被摸得锃亮

北京、上海等地的进站口都是一排栅栏状的感应器，挡板是关闭的，需要刷卡才能打开通行；在这里，进站口依旧是一排栅栏状的感应器，只不过挡板一直处于敞开状态，貌似可以直接通过。我大步流星地走过去，就在身体将要穿过的瞬间，伴随着"吮当"一声巨响，两块挡板同时从左右两侧紧紧地合上了。周围的人都齐刷刷地看过来，弄得我这个没见过世面的流浪汉好

这只是电梯的最后小半截，莫斯科的地铁，深不见底

尴尬，才知道原来挡板的敞开状态需要通过刷卡来维持，于是退回感应区，刷卡，进入。

突然，又听见"咣当"一声巨响，我以为该又是哪个初来乍到的外来人不懂规矩，犯了刚刚与自己一样的错误。转身，却见一个拿着滑板的少年，轻盈地跳过闭合的挡板，然后若无其事地扬长而去，看来是个逃票的"老手"，不禁感慨每个少年都有一段叛逆的岁月。

电梯共有6排，3排上，3排下。搭着扶手一直向下，向下，一眼望去根本看不到尽头，初步估计起码有几十米深吧。这些地铁工程都是在苏联时期完成的，那时候二战刚刚结束，战争的阴影还未散去，莫斯科人担心仍会有

古老的地铁站散发着独特的怀旧气息

大规模战争爆发，就将地铁尽量地挖深，挖深，这样万一遇到空袭，还能起到防空洞的作用。如今，即使寻遍世界，也难找到第二条这样深的地铁。

两分钟后，才来到底部的乘车区域，这里简直就是一个小小博物馆。走廊两侧排列着刻有抽象图案的浮雕框架，框架里画着内容丰富的彩色手绘，都是些苏联时期的题材，既有列宁接见工人代表时的情景，也有少先队员向运动员献花的故事。顶端挂着那种中世纪城堡风格的吊灯，灯泡的瓦数并不太高，这样略显昏暗的光线反而使得壁画的旧时代特征更加凝重地突显出来。

我一幅一幅地耐心欣赏过去，任凭地铁一列列呼啸而来，一列列飞奔而去。仿佛穿越时空隧道，那个曾经无数次被历史教科书提及的苏联时代，那个曾经强大到敢与美利坚合众国冷战的苏联，那么真实地还原在眼前。

莫斯科还有很多个这样的地铁站，也许内容不尽相同，也许风格不尽一致，但都可从这些真实存在中，窥见历史。抽半天的时间，花28卢布的票钱，去几十米深的地下游走。这座城市的底蕴，就藏在那里。

傍晚时分，路过一家门口挂着娃娃的小商店（俄罗斯的街边小商店多半是封闭式的立方体小屋，透过玻璃可以看见里面的货物和标价。付款则在中间一块电脑屏幕大小的小窗口进行，一手交钱，一手交货），我朝付款窗口的营业员要了一瓶500ml的可乐，当做步行一天的犒劳。

递进去50卢布，找回15卢布，折合成人民币是7元钱，同样规格的可乐在国内卖3元，作为世界第3高物价城市的莫斯科，真是名不虚传。

正靠在商店外侧享受这奢侈的饮料，一个白发苍苍、满面皱纹的老奶奶拎着一篮子东西，步履蹒跚地来到窗口，几番俄语攀谈之后，她递给营业员一个圆形的塑料盒子（看上去还冒着热气，里头像是装着某种食物），然后接回70卢布的现金，安静地离开了。

我三步两步追了上去，一边做出吃饭的手势，一边用英语问："请问这是什么东西？可以吃的吗？"

老奶奶转身，微笑地看着我，用俄语回答了些什么，说话间露出为数不多的几颗牙齿，接着打开其中一个塑料盒子，递过来，示意我瞅瞅。

盒子里面有土豆泥、西红柿、黄瓜、一块手掌大的鱼，非常营养的饮食搭配。我拿出70卢布比划了一下，示意是这个价钱吗？老奶奶微笑地点点头，接过钱，再取出一瓶萨拉酱，舀了一勺放到食物里面，又拿出一只貌似已经用过的尼龙袋，从中取出三片面包切片，递给我。

70卢布能够在世界第3高物价的莫斯科换到这些食物，实在是大大出乎我的意料，要知道沿街的好多餐馆，随便一道菜标价都是几百卢布。

我端起这盒丰富的食物准备开吃，却发现老奶奶并没有离开，仍然微笑地抬头看着我，等到四目相对，她掏出20卢布轻甩了一下，意思是再加20卢布。

在国外旅行途中，被当地人骗的事情已经司空见惯，各种手段更是领教了不计其数，如今这种已经收了钱再要求加钱的事情可真是头一回碰到。我感到很气愤，觉得太欺负人，正要瞪眼质问，一想到老人这么大的年纪，就又压抑了下来，只是把头摇得像拨浪鼓一般，

老奶奶再次示意，嘴里不停地用俄语解释着什么，我无心搭理，依旧摇头，她无计可施，只能皱着眉头干着急。最后，她灵光一闪，用手指掐了掐塑料盒子的上沿，又指指刚刚商店的小窗口，然后做了一个双手合十的姿势，应该是拜托的意思。

这下我终于明白刚才种种行为想要表达的意思：如果我要带走这套塑料盒子，就需要支付 20 卢布，如果不带走，吃完后盒子就放回刚刚那家商店，

这样一份食物才70卢布，还误会了那位老奶奶，心里真不是滋味

以后她会来回收。

我不住地点头，回赠着领会的微笑，指了指盒子，又指了指商店，再指了指自己，重复几次，意思是肯定会还回去，老人家这才满意地点点头，放心地离开了。

我来到一张花坛边的椅子，用勺子倒腾了会儿土豆泥，接着慢慢品尝起来，味道相当不错，几乎是我在俄罗斯吃到的最好吃的食物。可看着眼前这个圆圆的盒子，不知怎么的，老奶奶那张微笑的脸却倒映出来。

一个走路都摇摇晃晃的老妇人，用自己的手艺做食物，定下便宜的价格，挨家挨户地推销，本来赚的就是微薄的利润，倘若再损失盒子，恐怕真的白干了，所以才会为20卢布那么认真地跟我较劲。可我却以小人之心度君子之腹，误会她是个骗子，想到这里，心中一阵内疚。

吃完，我用纸巾将盒子擦干净，接着恭敬地放入20卢布，还了回去。

莫斯科的房价实在是超乎想像的贵，最普通的旅馆单间都需要每天七八百块钱人民币，而就算是青年旅舍，最便宜的床位也需要每天一百人民币。所以夜幕降临，我来到一块早就打探好的隐蔽地，准备搭帐篷过夜，省下那可怜的一点路费。

这是一个用铁栅栏围起来的院子，附属于一幢3层楼高的房子，位置就在政府办公楼不远处。之所以选择这里，有3个原因：第一离政府办公楼较近，估计闲杂人员前来捣乱的可能性较小；第二这个院子入口处有两根伫立的铁桩，禁止汽车驶入，人员流动性大大降低；第三院子有围栏，可以起到一定的保护作用，从而增加一份心理安全感。

在莫斯科这样一到晚上就满街醉鬼（要是被醉鬼发现有人搭帐篷，谁也说不好能干出什么事来，后果难以想像）的城市，这三点尤为重要。

静悄悄地搭起帐篷，整理好一切，我就默默地爬进睡袋，准备睡觉。此时是莫斯科时间夜晚10点，略早一些，但步行一天，确实也累了。

一个小时之后，刚要睡去，突然听见有人吹口哨，那声音尖锐刺耳，一下就惊得我睡意全无，接着就听见一大群人放肆地狂笑着，声音越来越近，近得听上去都已在咫尺之外。但我没有探出头去看外面的情况，怕打草惊蛇，反而暴露了自己。所幸，那声音近到一定程度之后，又开始渐渐远去，我知道他们只是路过而已。

12点，路上渐渐变得冷清，那些喜爱飙车的人踩死油门，将速度提到最大，也将引擎的噪音扩散到最大，时不时地传来"唔唔唔"的巨响，比苍蝇可恶一万倍。

凌晨一点，酒瓶子被砸碎的声音渐渐多了起来，第一波泡吧结束的酒鬼们开始回家了，边砸酒瓶边说酒话，时不时踢两脚垃圾桶，喝醉是一切撒泼的借口。

凌晨两点，有了女人的尖叫声，从那浪荡的笑声判断，应该也不是什么良家闺秀。繁华之都，需要这些女子的存在。

在莫斯科搭帐篷，真不是个好主意

凌晨三点，一切都快归于沉寂，我也被折磨得快不行了，身体已经疲惫到极点，而紧绷的神经也似要断裂，爱怎样就怎样吧，我沉沉地睡去。

凌晨五点半，被扫把拖地的"沙沙沙"声吵醒，天快亮了，环卫工人开始工作了，而我，也该收拾东西，撤了。

这灾难一般的夜晚，这些声音仿佛是莫斯科特意为我这个流浪汉准备的交响乐，如此层次分明，如此具有莫斯科特色。只是有一点我可以肯定，从明天起，不，应该是从今天起，我要睡在一个房子里面，不求大小，不求卫生，只求有块砖瓦，能够保护我安稳地度过一晚。

这些就是属于我的莫斯科记忆，独一无二的记忆。

约旦首都安曼建在七座山头上，又叫做七山之城

第四章

迷离 约旦

穷人的一顿饭

　　每当那些得到相对小块羊肉的人用他们那可怜巴巴的眼神望着我，希望我能大发慈悲再给他们加一块肉的时候，我的心里都分外纠结，我很想满足他们的愿望，但是理智告诉我不能那么做，羊肉的数量本来就有限，即使一人一块，最后的几个人依然会得不到。

　　这是约旦首都安曼的一家小旅馆，位于市中心某条不起眼的巷子里面，我要了四人间的一个床位，4 第纳尔每天（约旦货币，1 第纳尔约为 9 元人民币），房间还算宽敞干净，有电扇和电视机，洗手间不定时提供冷水冲凉。

这里从不缺少古老的遗迹，让我来学弯弓射大雕

推门而入，一男一女两人正在安静地看书，看见新室友到来，他俩同时露出了和善的微笑，接着放下手中的书，攀谈起来。我瞥见其中一本——《On The Road（在路上）》，心想该是同样浪迹天涯的旅人。

女的名叫"丽莲"，印度尼西亚人（这是路上遇见的唯一一位印度尼西亚籍旅行者），50岁，剃了一头短发，戴着一副黑框眼镜，T恤牛仔裤的打扮，看上去朴实无华。丈夫是商人，经营着自己的公司，收入颇丰；儿子早些年留学美国，毕业后找到一家华盛顿的医院做外科医生，定居了下来。

有这样稳定的家庭环境作为后盾，丽莲可以自由地去做自己想做的事情。去未知的地方探寻那些未知的风俗，去未知的地方结识那些未知的朋友，去未知的地方聆听那些未知的故事，无尽的未知，就是她旅行的意义。

男的名叫"山姆"，韩国人，29岁，留一脸胡须，穿黄色T恤，围橙色头巾，浑身上下一派鲜艳的嘻哈风。曾经是韩国首尔一家国企的员工，生活稳定，收入尚可，某天下班路上亲身经历一场车祸，差点丧命，由此引发了一系列关于应该如何度过人生的思考，思考的结果是辞职，旅行，有生之年，去看世界。

山姆已经旅行了8个月，去过欧洲、澳洲、北美洲和东南亚，每到一个地方，只要有机会，就会去做志愿者，帮助他人的同时丰富自己，这就是他旅行的意义。

"真了不起，在安曼你有找到这样的机构吗？"听完山姆的故事，我顺口一问。

"有啊，在汽车站附近，名字叫做'Food For Life（维持生命的食物）'，我和丽莲已经在那儿做了一个星期的义工了。"山姆微笑着回答，眼神中带着自豪。

"是吗？那是个怎么样的机构？"

"那个机构是由国王（约旦是二元制君主立宪制国家，设参、众两院，权力掌握在以国王为首的哈希姆家族王室手中）的妹妹成立的，通过在各大商场设立募捐箱来筹集经费，为那些无家可归的流浪人员提供免费的食物。"

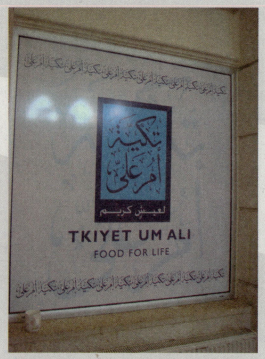

对于约旦的穷人们来说，这块牌子就是希望

山姆接着回答，看来对情况很了解。

"哇哦，真不错，那我可以加入吗？"加尔各答仁爱之家的义工经历浮现在眼前，我已然爱上了这种形式的奉献，想要再来一次。

"当然可以啊，来吧，来吧，目前那里就我们两个外国义工，你愿意参加真是太好了。"山姆的语气有点激动，大概因为遇到了志同道合的人。

每天早晨10点，从旅馆出发，顶着巨大的太阳（约旦80%国土面积都是沙漠，降水稀少，我在的大半个月里没有下过一滴雨，每天都是40℃以上的高温），步行半个小时，来到汽车站边上的"Food For Life"机构。

这是一幢足球场大小的单层建筑，外形是一个半圆形的球体，被刷成米黄色，典型的伊斯兰风格。内部是一个巨大的厅堂，密密麻麻排满了桌椅，这就是待会儿那些穷人用餐的地方。而厅堂四周围着一圈独立的隔间，分别是管理人员的办公室、厨房、卫生间等等。

从11点开始，准备工作就要陆陆续续地开始了。先是洗水果，沙枣（一种生长在约旦沙漠里的枣子，黄色，尖尾，味道极其甜腻）、苹果、葡萄、油桃等等，每天都会换一种花样，很丰富。想像中的穷人餐该是非常简单寒酸的，但从这开胃水果来看，貌似比我吃的都要好。

水果洗干净后，逐一放到架子上的餐盘（中国制造的那种国内快餐店随

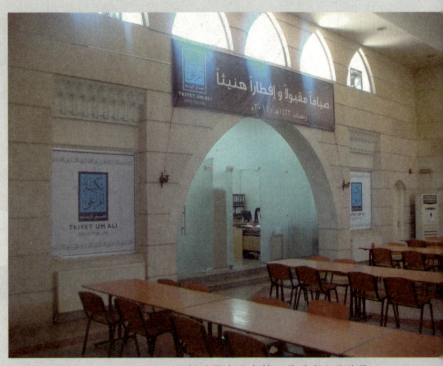

摆放整齐的桌椅，是对穷人的尊敬

处可见的餐盘，约旦的很多生活用品都来自中国）里面，这样等下穷人们进来，人手一个餐盘，不会发生哄抢。

外面忙碌，厨房更是热火朝天，2米直径的大锅里炖着羊肉（每天都有一样荤菜，有时候会换成鸡肉），在煤气灶火焰的作用下疯狂地沸腾着；旁边一口小锅，里头夹杂了香料的酸奶（穆斯林一餐中的必需品，就好像广州人吃饭一定要喝汤一样）也同样冒着热气。肉香味和奶香味在空气中交织在一起，形成一种独特的肉奶味，至今无法忘却。

这一切的"缔造者"就是大厨"穆罕默德"，四十出头，短发，留着八字胡，笑起来让我联想到电视剧里的阿里巴巴。大多数时间他都是忙碌的，用筷子戳一戳大锅里的肉，看看熟了几成；尝一尝小锅里的酸奶，看看够不够味道；

餐盘被这样分好，就不会造成哄抢

用搅拌棒不停地搅拌着酸奶，让其不至于凝固。

　　有时候我会代替他搅拌酸奶，他就可以坐下来休息一会儿，我们像对老朋友一样聊天，话题很多都是关于安曼的过去。10分钟后，重复的机械运动使得我手臂发僵发疼，这真不是份容易的差事，可阿里每次都要连续搅拌半小时以上，这份责任心可见一斑。

　　待到一切准备就绪，外面早已经排起长长的队伍，一排男人，一排女人。男人们多数是残疾人，或者一瘸一拐，步履艰难，或者歪着脖子，流着口水，每个人都是衣衫褴褛，每个人的脸上表情凄苦；女人们的情况要好一些，只是用黑袍子将自己严严实实地包裹起来，露出一张没什么表情的脸，安静地坐在围墙底下。

　　一点整，随着一阵铃响，开饭了。按照规定，男女需要分开用餐，并且

肉、饭、饼、酸奶准备就绪

右一就是山姆，中间美丽的中东女孩是机构的工作人员

男人优先。男人们端着餐盘来到厅堂，丽莲负责盛上两勺米饭，山姆负责舀上一勺酸奶，我负责送上两个馕饼和一块羊肉，一切进行得都很顺利，唯独一个环节纠纷不断，那就是分羊肉。

　　众所周知，羊肉是比较贵的食物，这些穷人很少能够吃到，每个人都希望得到一块又大又瘦的羊肉。但事实上，盆子里没有两块完全相同的羊肉，就好像这个世界上找不到两片完全相同的叶子一样，不管怎么样分配，都无法做到完全的公平。

　　每当那些得到相对小块羊肉的人用他们那可怜巴巴的眼神望着我，希望我能大发慈悲再给他们加一块肉的时候，我的心里都分外纠结，我很想满足他们的愿望，但是理智告诉我不能那么做，羊肉的数量本来就有限，即使一人一块，最后的几个人依然会得不到。

　　这些渴望加羊肉的人当中，绝大多数都会在两次请求被拒绝之后，乖乖作罢。可有一天就有那么一个能讲英文的中年男人，不依不饶，十分刁钻。

　　"你看看，为什么前面那个人那么大块羊肉，而我的这么小？"他以这样理直气壮的问题开局。

　　"请你体谅一下，都是随机分配的，况且你的这块也不比那人的小多少啊。"我耐心地解释。

　　"这还没有小多少？你瞎眼了吗？你懂不懂公平？"他连用好多个"Fucking"以增强自己的气势，像一头气疯了的牛。

　　"你说什么呢？你不知道后面还有好多人等着吗？你要两块，后面的人该吃什么？"我还了他好多个"Fucking"，对付恶人，必须以硬碰硬，绝不能输气势。

　　"你给我加一小块，不然这块我也不要了。"他的气势在我的反击之下被削弱，语气也缓和了一些。

　　"你当这里是菜市场吗？不要再讨价还价了。"我断然地拒绝了他的威胁。

　　"那我不要了。"他把那块拿了好久的羊肉丢回盆子里，然后端着只有米饭和酸奶的盘子走向远处的位置，时不时回头看看我的反应，可是我毫无反应，对于这样耍无赖的泼皮，该有什么反应？

我继续着自己的工作，2分钟后，他回来了，弱弱地说："还是把那块肉给我吧。"

哎，早知今日，何必当初呢？我把那块肉又给了他，然后淡淡地对他说："人，活在这个世界上，不光只想到自己，有时候，也要想想别人，这就是我们这些素不相识的外国人来这里做义工的原因。"

他听懂了，但是没有回应，只是拿着肉走回原位，低头啃起来。

等到男人们吃完，负责卫生的工作人员将桌子上的菜渣清理干净，就轮到女人们用餐了。

一样的食物，一样的程序，一样的纠纷，不同的是，有的女人还带着孩子，可以多得到一份餐食，但这份餐食的背后，藏着无尽的心酸。

等到最后一个女人领完食物，有些窥视已久的女人们一拥而上，掏出早就准备好的塑料袋，要将剩下的食物都打包，这些塑料袋子都不太干净，有些甚至还粘着泥土，可是她们不会管，她们只关心食物。也许是家里还有行动不便的老人，也许是要早早地为下一顿做准备，总之这些食物对她们而言很重要，重要到关乎生命。我现在才明白，为什么机构要取名为"Food For Life"。

等到最后的一个女人离开，一般已经是下午3点，从上午11点开始算，整整4个小时，没什么空闲。我们做的虽然都是些简单的劳动，但即使一个盛饭的动作，重复上千次，也会很疲惫，这份工作，一点也不轻松。

工作人员为我们安排了餐食，和穷人们一样的食物，米饭香软，酸奶浓厚，至于羊肉，小小的一块，却有一种说不出的滋味，这种滋味叫做纷争之源。

寸步难行

这就是真相，如此残酷。我走到外面，坐在一棵树下，点起一颗烟，想着那九第纳尔的车费，想着那八第纳尔的出境税，想着战争，想着和平。

曾经看过一个韩国旅行者携带的世界地图，每个国家都按照不同的颜色来划分，绿色、红色、黄色、黑色，花花绿绿，就像一块块花碎布拼成的毯子，充满韵味。

地图上只有 4 个国家被涂成黑色，阿富汗、伊拉克、索马里和北朝鲜，有趣的组合，我禁不住好奇问道："为什么这几个国家要涂成黑色？"

"黑色是警告的意思，这些国家太危险，不适合去。"在解答问题方面，韩国人总是很热心。

"那这些红色的呢？中亚、南亚、中东、北非以及南美的大片区域。"我接着问。

"这些国家可以去，但需要签证，不过办理签证的难度并不大。"韩国人继续热心地回答。

"那绿色的呢？整个欧洲、北美洲、澳洲以及一些零散国家。"

"这些国家是不需要办理签证的，到达即可入境。"说到这里，韩国人的脸上露出了轻松的神情。

"你们真是幸福的旅行者，可以方便地去几乎任何一个国家。"说真的，这确实让我这个饱受签证困扰的中国旅行者羡慕，嫉妒，甚至有点恨。

"我听说过你们中国护照的限制性，但是你们的护照上面可以留满花花绿绿的签证，这同样是一件很有纪念意义的事情，我们韩国护照就不可能办到。"显然，这是一种安慰，带着一点无奈。

"也许吧。"我随便附和了一句，结束了这段对话。

据我所知全世界共有 224 个国家，这其中只有 19 个国家对中国公民免签证，28 个国家对中国公民实行落地签，9 个国家对中国公民实行过境签，在这些事实面前，中国护照的不给力，让我很无奈。

在这趟长线的国外旅行当中，每次到达一个新的国家，我所做的第一件事情不是趁新鲜劲去感受当地的文化，而是跑到下一个目标国家的大使馆，去磨签证。尽管如此，也不是每个国家的签证都能磨出来，因此我想讲讲在约旦安曼的时候，那些与签证有关的故事。

那天大家一起在洗水果，丽莲问我："丹，我打算明天去叙利亚，你想一起吗？"

"叙利亚在我的行程规划之内，肯定要去，但我想做满 2 个星期的义工再去。"我一边洗着油桃，一边回答。

"你接下来的行程不是非洲吗？叙利亚和非洲是反方向的，所以你肯定还得回到安曼，到时候接着做义工也行嘛。"看来丽莲的算盘早已打过，都替我规划好了行程。

"那行吧，明天一起去。"对于那些无所谓的事情，我总是很容易被说服。"我查了资料，我的印度尼西亚护照能够在约旦和叙利亚的陆路边境拿到过境签证，不知道你的中国护照会不会有问题？"丽莲想得倒挺周全。

"没问题的，我也查过很多资料，中国护照能够拿到过境签证，就在 2 个月前，还有持中国护照的人这么干过。"对于叙利亚签证，我自认为十拿九稳。

次日早晨，我们坐公交车来到"阿布东"车站，这里有一种轿车专门往返于约旦首都安曼和叙利亚首都大马士革，凑齐 4 人就走，价钱是每人 9 第纳尔。

找到排头那辆车，车内还无人等候。司机是个扎着头巾的胖子，挺着大肚子，坐在驾驶室悠闲地抽着烟，通过摇下的车窗看见我们的驴友打扮，就不紧不慢地问："你们是去大马士革旅游的吗？我的朋友们。"

"是啊，我的朋友，你应该是第一个出发的吧？"见他人来熟，我也迅速熟络起来。

"你猜对了，我聪明的朋友。"他大笑，接着说："但是你们知道现在叙利亚国内正在搞示威游行吗？你们这个时候去旅游，恐怕不是个太好的选择吧？”

“我们知道啊，但是据说示威游行主要集中在几个城市，大马士革一切正常。”我接着说：“而且这趟若不去叙利亚，下次再来就不知道要什么时候了。”

“好吧，我勇敢的朋友，上车，再等 2 个人我们就出发。”说完他又抽了一根烟。

半小时后，人凑齐了，我们以 100 码的速度向边境口岸飞奔。一路上，小型龙卷风带起黄沙，如同一个个冰激凌甜筒。沙漠地貌在阳光照射下充满异域风情，我甚至想像这里离三毛笔下的撒哈拉也并不太远。

1 小时后，略显破败的约旦出境关口近在咫尺，但想要出关，还得付出一点代价，8 第纳尔的出境税。我很难理解为何一个国家会设有可笑的税收条款，出境，还需要交税！但无力争辩，这就是规则，每个国家特有的规则，而出来混，唯有适应规则。

交完 8 第纳尔的出境税，换回一张比手纸质量还差的收据，晃荡着来到叙利亚的入境关口。

签证官大概 30 出头，相貌英俊，头发用摩丝梳得光亮，白色的制服套装更显几分精神。打量我们几眼之后，他平和地问：“你们来自哪里？从前做什么工作？”

“我来自中国，从前是个钢材销售员。”我毫不含糊地回答着，接着丽莲马上回答：“我来自印度尼西亚，从前是个护士。”

“你们来叙利亚做什么？打算停留多久？”签证官一边问，一边用笔记录着对话。

“我们是来旅行的，可能也就停留一星期左右。”这是我们商量好的行程，知道叙利亚并不是太安全，也不打算久留。

接下来签证官又问了一系列繁杂的问题，涉及到各个层面，等到做完一切记录，他很冷静地看着我们说：“对不起，你们不能获得签证。”

如此详尽的询问换来不能获得签证的结果，那感觉就好像向某个女孩表

"叙利亚欢迎你"，我看到了这块牌子，却走不进这个国家

白，她说了一大堆你的优点，最后还是拒绝了你；就好像奔跑在希望的田野上，却突然滑落到一旁的田沟里，溅得一身泥。

我皱着眉头问："为什么？以前不都是过境签的吗？我朋友2个月前还在这里拿到过过境迁。"结果换来决绝的一句"没有为什么。"

丽莲凑到我耳边轻轻地说："我们就赖着不走，就磨，直到他答应给我们签证为止。"事实上，我们也这么做了，从质问到恳求，软硬兼施，可这个世界，不是所有东西靠坚持都能改变结果的，空气中只萦绕着一句句"没有签证，没有签证，没有签证。"

我们不愿放弃，仍然纠缠着，赖得就像一个乞丐。最后的最后，签证官也被磨怕了，站起身凑到窗台边，悄悄地说："你们知道，叙利亚现在出了一点状况，政府担心外国人员在叙利亚受到不必要的伤害，引起外交事端，就下令，所有国家的人都不能在这个关口获得签证，这就是真相，请你们谅解。"

这就是真相，如此残酷。我走到外面，坐在一棵树下，点起一颗烟，想着那九第纳尔的车费，想着那八第纳尔的出境税，想着战争，想着和平。

185

第一次来以色列大使馆，被告知要想获得以色列签证，必须先把20第纳尔的签证费交到开罗银行，否则连申请的资格都没有。

第二次来以色列大使馆，被告知那天刚好是以色列国内的某个节日，使馆不开门。

这是第三次来以色列大使馆，已经熟门熟路：0.5第纳尔的车资，74路公交车坐到雪佛莱汽车销售部的门口，接着走上1公里的缓上坡，再走200米的缓下坡，就到了，这该是最省钱的方式。

亮出收据，经过2次警卫人员的搜身（以色列和阿拉伯国家的关系素来紧张，就在2天前，埃及首都开罗的以色列大使馆就受到埃及人的暴力冲击，所以敏感时期，在同样是穆斯林国家的约旦，以色列大使馆的保卫异常森严），等待2小时，进入使馆大楼的门，门口处安放一张小桌子，一个穿着衬衫的工作人员正在登记。

"两个问题，你为什么想去以色列？你有没有宗教信仰？"他是个爽快人，说话利落。

要想申请以色列签证，必须先去这个银行交20第纳尔的签证费

"第一个问题，我去以色列旅行，耶路撒冷是我梦中的神圣之地。第二个问题，我没有宗教信仰。"我也是个爽快人，回答利落。

就这样，一波三折，终于见到了签证官，过程倒进行得很顺利，填写一份表格，回答些简单的问题，然后告知第2天下午1点去取回护照。

"您的意思是我可以获得以色列签证了？"我喜出望外。

"明天来了就知道了。"他意味深长地笑笑。

隔天，下午1点整，第4次来到以色列大使馆，同样等待着签证的还有20几个人，各种肤色，各种国籍。

2个小时后，一个工作人员走出来，拿着一大叠花花绿绿的护照，随着他逐个报名字领取，众人的表情分化成两派，一派顺利获得签证，笑容欣慰，一派没有获得签证，神情失落。

我急切地翻开自己的护照，从第一页到最后一页，再从最后一页到第一页，空空如也，我知道，自己被拒签了。

"麻烦，请问拒签之后我的签证费能够拿回来吗？"我不想再多说什么。

"不好意思。"这4个字就是所有的解释。

回去的路上，太阳晒得人犯昏，空气中布满浮躁的颗粒，只是毫无目的地走着，想着为什么不给我签证，想着20第纳尔的签证费，想着这是第4次来以色列大使馆，想着曾经电视里无数次听过的特拉维夫，想着100多公里外的耶路撒冷，不知何时，才能触碰。

埃及大使馆位于安曼市东，要转2班公交车才能到达，早晨9点，大厅里就坐满了前来办理签证的人，取号等待，半小时后，轮到我了。

"你好，我是中国人，从前是一个钢材销售员，想去埃及旅行，来办理签证。"我已然了解那些同一模式的问题，一口气说完这些信息，长舒一口气。

"好，请先去隔壁将护照复印一下，再留下两张照片。"签证官微笑着说，态度还算和气。

照做后，再次回到刚才的窗口，递交完毕，说："这样就可以了吗？请问什么时候能够拿到签证？"

"可以了，我们有受理流程，请先等待 10 天。"签证官依旧微笑，态度依旧和气。

"10 天？这么久，您的意思是 10 天后能够拿到签证还是 10 天后再看？"我对这 10 天深感疑惑。

"10 天后再看，我们需要先受理，请等待。"同样的微笑和态度。

争论几次，没有结果，我只能返回。10 天后，再次来到埃及大使馆，但不抱太大希望，因为丽莲比我早申请，也是等待 10 天，却没有拿到签证。

"请问，我的签证？"我再次找到那个签证官。

"你好，你有约旦的居住证明吗？按照规定要在约旦居住一年以上才能

埃及大使馆

申请埃及签证。"签证官态度依旧良好。

"当然没有，我只是个旅行者。"

"那就抱歉了，我不能给你办理签证。"

"那你不早说？10天，你知道人生有多少个10天吗？"说完我拿起护照，走出了大使馆。

连续的签证受挫，我的愤怒无处发泄，唯有一骂，才能解除心头之不快。我靠着公交车窗，看安曼熙熙攘攘的人群，想着10天，想着居住证，想着金字塔，想着狮身人面像，想着阿布辛贝神庙。

一个日本人的馈赠

山口被这略显无稽的幽默逗乐了，内敛地搓着下巴笑了起来，半分钟后，他掏出一张印着佩特拉标记的长方形纸片，贴着桌面慢慢移到我面前，真诚地说："这个，给你，向你的勇敢致敬。"

凭借着坚持不懈的毅力，在佩特拉这个弹丸小城，我已经打听了不下15个旅馆，最便宜的单间价格是每天15第纳尔，最便宜的床位价格是每天4第纳尔。所谓床位，指的是一排铺在地上的垫子，每个垫子上面放着一块脏脏的毯子，轻轻一拍，便扬起尘埃无数。

既然一时找不到合适的旅馆，我便来到路边一家不起眼的餐厅，准备先犒劳犒劳抗议良久的胃。翻开菜单一看，顿时傻了眼，听装可乐1第纳尔（安曼餐厅卖1/4第纳尔），鸡蛋饼2.5第纳尔，所有食物的价格都呈现四五倍的疯长。旅游胜地，看来真不是我等穷驴玩得起的。

正在琢磨着点个既便宜又能吃饱的食物，听见一句清脆的"叩尼西瓦"（日语"你好"的意思），随即一个身穿白T恤、长相酷似韩庚的日本人出现在眼前。

"你好，你认错人了，我来自中国。"我用英语回答，并且报以和善的微笑。

"哦，不好意思，可是你的打扮很像日本人。"他也立马改用英语，尴尬地笑笑，挠了挠后脑勺。

"哈哈，没关系，你也来吃饭吗？一起坐吧。"我起身，礼貌地做了一个请坐的手势。

就这样，一分钟前我俩还是陌生人，一分钟后成了朋友，坐在同一张餐桌上聊起家常。这就是旅行，萍水相逢，尽是他乡之客。

这位日本朋友名叫"山口贵志"，32岁，东京人，一家IT公司的部门主管，这次来约旦是公差，顺便看看这举世闻名的佩特拉古城。我们聊日本地震，聊西藏问题，聊日本年轻人的生活状况，聊中国年轻人的购房压力，当聊到

我和山口贵志

爱情的时候，山口脸上撒满了幸福的笑容，他说自己去年结的婚，现在孩子已经 1 岁了，随即翻出钱包里夹着的照片，小宝宝胖乎乎的，讨人喜欢。

"刚刚你叫我，只是为了打个招呼吗？"我突然想到这个问题，便问了出来。

"额……不是的……事实上……"他欲言又止，表情有些尴尬。

"说嘛，没有关系，大家都是朋友。"这样的举止更加激起了我的好奇。

"是这样的，原计划我有 2 天时间游览佩特拉古城，就买了 2 天的票，可公司临时有事，明天一早就得赶回安曼，所以我想把多出来一天的票便宜卖掉，看你的样子是刚到，或许会需要。"他如是说。

关于这佩特拉古城门票的问题，真的是有一肚子苦水要倒。本来的价格是一天 26 第纳尔，作为世界七大奇迹之一，这样的票价尚算符合其身份，合情合理。可某天（具体查不到是哪一天，大概 2011 年初），约旦政府将门票一下子提升到一天 50 第纳尔。更可笑的是，若购买 2 天的联票，仅需要多加 5 第纳尔，这样的定价一点也不合逻辑。

在安曼的时候，偶遇一些环球旅行的穷驴，纷纷抱怨，如果门票 26 第纳尔，愿意忍痛前去一看，但面对这将近 500 元人民币的天价门票（我旅途中遇到的最贵的门票，没有之一），宁可放弃，毕竟还有很长的路要走，把这样数额的一笔钱一次性花在门票上，太不值得。

因为预算有限，当初我也为要不要来佩特拉古城纠结良久，但想想世界七大奇迹之一的诱惑，想想好不容易到达这离家两万公里的地方，想想或许一辈子都不会再来第二次约旦，就决定还是来看看，毕竟有些遗憾一旦形成，会痛苦好久。

"原来如此，那你打算卖多少钱呢？"这样的交易听着很诱人，不是每个人都能幸运地碰上。

"20 第纳尔。"

"嗯，非常合情合理的价格，但对我来说还是有点贵。"其实我的心里已经接受了这个打完 4 折后的价格，但还是想再讨价还价，多省一点钱，后面的路就会顺利一些。

"那你觉得多少钱？"

"10 第纳尔。"我停顿了一下，抬起头看着他的眼睛，接着说："朋友，我知道这个价钱有点过分，但我想告诉你一个故事。16 个月前，有个中国小伙为了扩展生命的宽度，辞掉工作，靠着积蓄旅行，一路节省，环游中国后，又游历 8 个国家到达约旦佩特拉。他的目的地是南非好望角，很远，所以他必须把每一分钱的作用都发挥到极致，而那个小伙子，现在正坐在你对面讲故事。"

山口被这略显无稽的幽默逗乐了，内敛地搓着下巴笑了起来，半分钟后，他掏出一张印着佩特拉标记的长方形纸片，贴着桌面慢慢移到我面前，真诚地说："这个，给你，向你的勇敢致敬。"

"你的意思是送，而不是卖？"幸福来得太突然，弄得我不知所措。

"嗯。"山口微微一笑，点点头。

我想接受，但自尊心开始作怪，这种方式的获得有点像博取同情，身为旅行者，不需要被同情；我想拒绝，但恐怕连瞎子都能看出这绝不是我的本意。

于是，我陷入了深深的纠结。

"别想了，收下吧，你，值得拥有。"山口用了"Worth（值得）"这个词，眼神真诚至极。

"谢谢你，山口，你让我感到深深的温暖，我接受这张门票。但也请满足我一个请求，你的这顿饭，我来买单。"这恐怕是我所能想到的最该做的事情了。

山口微笑，不语。

次日凌晨4点，佩特拉小城里清真寺的喇叭声就开始此起彼伏，接着阵阵祷告声传来。穆斯林对伊斯兰信仰的坚定，对真主安拉的笃信，展现在每天精准的祷告时间当中，无论多早，多忙，多累，绝不耽误。从某种程度上来说，这正是阿拉伯世界的魅力所在。

寂静的地方，声音总是被扩散得更加厉害，让人无法入眠。我干脆起床，坐在"Valentine Inn"（位于半山坡一条岔路里面，12人间，每天3第纳尔的上下铺，再加5第纳尔就能吃到超级丰富的晚间自助餐，这在消费极高的佩特拉，恐怕是性价比最高的一个旅馆）宽阔的阳台上，等待着日出的到来。

5第纳尔的自助餐，性价比极高

193

这样的日落，真的让我痴痴看了1个小时，永生难忘

　　7点，随着第一波游客进入佩特拉古城，遥远的故事开始讲起：公元前3世纪，阿拉伯游牧民族纳巴泰人在岩石上敲凿出地处东西商路交通要道的佩特拉，他们收取过路费，提供住宿、食物和水，无比富有。四百年后，海上运输兴起，佩特拉渐渐被人遗忘，变成一座死城。

　　纳巴泰人仿佛一夜之间控制了阿拉伯半岛到地中海间的重要商路，一夜之间建立起了都城佩特拉，又一夜之间消失在了扑朔迷离的历史迷雾中，这让我想起了吴哥窟，同样的完美遗迹，同样的一夜之间。而纳巴泰文明很像印加文明，兴起和灭亡都在瞬间，如果印加文明的消失归咎于西班牙探险家带去的疾病，那么纳巴泰文明的消失，连一点线索都未留下，也许这正是佩特拉让人着迷的原因吧。

古老的竞技场，依旧轮廓清晰

被人遗忘的十几个世纪里，只有阿拉伯沙漠中的游牧民族贝都因人知道佩特拉的存在，凡是侥幸到达的外国人，都被杀掉了。直到 1812 年，瑞士天才探险家约翰·贝克哈特来了。

凭借着一口流利的阿拉伯语和丰富的伊斯兰教知识，约翰·贝克哈特把自己化装成一名穆斯林，混入了这个阿拉伯世界的禁地，未被怀疑。

他雇了一个当地的向导，走过狭长而险峻的西克峡谷（长 1.5 公里，最宽处约 7 米，最窄处仅容许一辆马车通过），看见了这个世界上最令人惊叹的建筑：宽 27 米，高 40 米，门楣和横梁尽是精细的图案，而高耸的柱子上，装点着活灵活现的塑像，这座建筑的名字叫做"卡兹尼宫殿"，传说中佩特拉国王埋藏宝藏的地方，也是佩特拉的标志。

约翰·贝克哈特不露声色地巡视了宫殿和墓碑，断定脚下的这座玫瑰色的石头城就是传闻中的佩特拉，未敢久留，全身而退，然后告诉了全世界。

狭长而险峻的西克峡谷，最窄处仅允许一辆马车通过

死海裸泳

我想我是真的想念那段峥嵘而温暖的搭车岁月了，真的想念那些曾经带我一段一段去完成梦想的人们了，于是我对自己说："明天，搭车去死海。"

出国旅行期间，几乎没有搭过顺风车。

一来因为文字不通，每个国家都有属于自己的文字，路边竖着的路牌自然印着这些文字，根本就看不懂；二来因为语言不通，行驶车辆的司机绝大多数都是当地人，听不懂英文，交流起来尚且困难重重，更别说让他们理解搭车这种旅行方式了；三来因为去的多是些发展中国家，公路建设落后，分叉道路较多，而搭车需要一段一段进行，这样就更加凸显出前两者困难；四来因为自己懒了（这是主要原因），国外的交通费比国内便宜好多，没什么太大必要去搭车。

然而计划去死海的前一天晚上，我做了一个悠长的梦。梦里，赛里木湖依旧美得像天空之境，牧草、羊群、哈萨克老人钩织成隔世的静谧。我背着包站在 312 国道边，举起写着"伊犁"字样的自制路牌，远处行驶来一辆东风天龙大货车，缓缓停在身前，车窗摇下，探出一张黑瘦的脸，是罗哥，他淡淡地说："兄弟，我们又见面了。"而我，早已泪流满面。

我想我是真的想念那段峥嵘而温暖的搭车岁月了，真的想念那些曾经带我一段一段去完成梦想的人们了，于是我对自己说："明天，搭车去死海。"

次日早晨，旅馆老板帮我写了一张纸条，阿拉伯文，上面是搭车地点的信息。我按照指示转了两班公交车，再步行 2 公里，来到一个空旷的岔路口，经一个当地人确认，没错，这里正是通往死海的必经之路。

时间不过 9 点，可太阳已经摆出抹杀众生的架势，烤得人无处躲藏；不时阵阵邪风吹过，带起无数沙石尘埃，铺头盖脸而来，打得人睁不开眼睛。

没有搭车牌，我向路过的每一辆车（车流量很大，每分钟大约都有几十辆车经过，轿车、货车、客车、工程车都有）竖起大拇指，挥动，然后微笑，就像从前做过的千百次一样。可一个小时过去，没有一辆车愿意停下来哪怕问一问。隔着挡风玻璃，看到的全是司机们不解或者不屑的眼神。

我泄气地想，也许搭车去死海并不是一个好主意。

又一个小时过去，正当我打算放弃搭车，改坐班车的时候，一辆红色车头的奔驰货车（也许是对交通安全比较重视，约旦的货车几乎全是奔驰牌）缓缓靠边，停在身前。

"嘿，朋友，你要去哪里？"副驾驶的人探出身来，用流利的英语问。

"我想去死海，朋友，能带一段吗？"我站在地上，顶着刺眼的阳光望上去，只看见一个光光的脑袋。

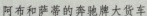
阿布和萨蒂的奔驰牌大货车

"没问题，我们也去那儿，上车。"

"这个……我需要付钱还是……"我支支吾吾，委婉地表达着搭免费车的意愿。

"不，你当然不用付钱。"

这一瞬间，所有搭车的感觉都回来了，那种从地狱到天堂的感觉，像一股清泉注入心田，滋养出无数似锦繁花。

车门打开，我兴奋地跳了上去，握手，拥抱，从未想过会和两个外国人一见如故，可事实上，的确是这样的。正在开车的驾驶员名叫"萨蒂"，40岁，安曼人，长得有点粗犷，乍看像不戴头巾的NBA球星"勒布朗·詹姆斯"。萨蒂做驾驶员已经十年了，有两个儿子，最大的愿望就是希望两个儿子能够出人头地；与我搭话的是"阿布"，38岁，安曼人，普通的中东脸型，笑起来非常亲切，那种骨子里的亲切。

"阿布，你的英文怎么讲得这么棒？"这是我最好奇的问题，一个货车驾驶员居然能够讲流利的英文，实在不简单。

"我以前在一家外贸公司工作，专门负责和英国人交流，后来全球经济不好，那家公司倒闭了，我就转行做了驾驶员。"阿布一边说，一边回忆着，脸上挂着内敛的微笑。

"原来如此，那你们为什么会免费搭我？要知道我足足等待了两个小时，经过无数车辆，但只有你们，愿意停下来。"这是我第二好奇的问题。

"哈哈，你知道吗？就在几个月前，我们搭过一个德国人，留着长头发，穿得脏兮兮的，简直就像个流浪汉，他在路边竖起大拇指搭车，结果你猜怎么的？我一打开车门，他就说没有钱，走不走。"他大笑着，接着说："所以我知道你们这些搭顺风车的旅行者，都是非常艰苦的，我愿意搭你们，既能练练口语又能听听你们的旅行故事，多好的事情，你说呢？"

"我的口语可不怎么样，哈哈。"我也大笑，接着说："但是谢谢你们，萨蒂，阿布，真心的，你们的善良将和约旦的美景一起，刻进我的心里。"

快乐的时光总是显得特别短暂，谈笑间，蔚蓝的一片水域出现眼前（恍惚间真的有一丝赛里木湖的幻觉，只是那光秃秃的海岸提醒我，只是幻觉），死海到了。

"丹，我的朋友，我们就送你到这里，往下走就是'Amman Beach（安曼沙滩）'，你会看见好多人在那儿游泳呢，好好享受你的死海之旅吧。"货车停在一排豪华的建筑群前，阿布略显伤感地说。

"谢谢你们，阿布，萨蒂，我会的，保重。"说完我们吻面告别（中东男人的告别方式，用贴脸和吻颊致谢，左一下，右一下，重复两遍），虽然他们粗犷的胡须扎得我生疼，但我却格外珍惜这样的触碰。

几乎所有来死海的人都只为两种体验，涂上死海泥（死海底部的泥含有丰富的矿物质，不仅能治疗关节炎等慢性疾病，还是效果非常好的护肤品）

左为阿布，右为萨蒂，想念你们

晒日光浴和体验死海漂浮（死海地处约旦和以色列之间的沙漠地带，常年高温少雨，注入的水不及蒸发的水多，盐和矿物质就越来越多地沉淀下来，经年累月，形成全世界最咸的盐水湖，盐度是普通海水的 7 倍，能够轻易将人浮起来）。

我对泥浴没有兴趣，却对漂浮情有独钟。小学二年级，爸爸送了我一本《少年儿童百科全书》，里面就有关于死海漂浮的记载，那时候我不会游泳，总是幻想着不花力气漂浮在水上该是种什么样的感觉。多年之后，终于将要体验到这种感觉。

走进这排豪华建筑的气派大门，却被执勤的保安拦住问："请问您是去海滩游泳的吗？"

"是啊。"我点点头。

"那请您先交 20 第纳尔的门票钱。"保安一本正经地说。

"不会吧？难不成这片海是你们买下的？"这是我第一次遇到需要收费的海滩。

"底下有椅子、遮阳扇、洗浴室等公共场所供您使用，所以需要收费。"

保安继续说。

"哦，这样，那我就不去了吧。"我调头离开，沿着海岸公路继续往前走，心中的算盘早已打好，老子不过是想体验一下漂浮，到哪儿漂不是漂，待会儿找片没人管的海跳下去就是了。

大约一公里之后，向下一望，没有建筑，该是无人管辖了。我沿着乱石滩一路滑下去，来到岸边，才看清大片大片废弃的可乐瓶和塑料袋（站在高处根本看不出来，所以死海的蔚蓝之美，适合站在高处体验），原来死海的环境被这些人为垃圾污染着。可能交纳20第纳尔的那片海滩，就看不到这些了吧，但这才是死海的现状。

环顾四周，无人，于是我大胆地将所有衣物褪去，赤身裸体地慢慢踏入死海。水很清（尽管岸上垃圾无数，死海海水却一点也不受影响，清澈见底），底下白白的盐结晶戳得脚疼，时间的魔力，让这些盐变得跟石头一样坚硬。

不沉之海

慢慢地走向深处，水过肚脐，身体便有浮起来的感觉，再往前走一点，彻彻底底地漂浮了起来，天哪，太不可思议的感觉。我仰面躺下，手脚和头同时露出水面，只剩下肚子部分浅浅地浸没在水中，死海最经典的躺着看报纸的姿势，真的是可以轻而易举地做到的。

我变化着各种姿势，试图让自己沉下去（第一次游泳想把自己弄沉而不是浮起来。人就是这样，拥有一种，就渴望去尝试对立面的那一种），可手下去了，脚就上来了，脚下去了，手又上来了，绝无同时沉下去的可能，我甚至尝试猛地跳进深处，可还是像气球一样立马就被反弹回来，有趣极了。

这片被人遗忘的海滩仿佛成了我一个人的失乐园，尽情地体验着死海漂浮的快乐。玩够疯罢，上岸，用毛巾擦身体，却发现无论怎么擦，都是擦不干的，有一层细细的晶莹状小颗粒始终黏在皮肤上，一舔，咸得要命。

往回走的路上，遇到两个墨西哥的驴友，问我哪里可以找到免费的漂浮海滩。

我指指身后，告诉他们"Everywhere（无论哪里）"，天下穷驴，都是一样的想法。

裸泳，是一种心态

202

成千上万的角马，这个时节正在肯尼亚马赛马拉大草原，几个月后，它们又将回到坦桑尼亚的塞伦盖蒂大草原

第五章

野性 非洲

最原始的交易

　　一手交电热锅，一手交木雕，完毕，我们握手，庆祝这笔不错的交易完成。至于交易划算与否，就得看被交易的物品是否为彼此所需要，而不能以票面价格去衡量。

　　在肯尼亚首都内罗毕，有一个马赛市场，那里贩卖各种精致的纪念品，如绘画、木雕、陶器、耳环首饰等等，每一样都带着鲜明的马赛风格。马赛部落是位于肯尼亚和坦桑尼亚交界地区的一个原始部落，由于完整保留的民风民俗而成为肯尼亚的标志之一。其最鲜明的特征就是大耳垂，每个人从出生开始扎耳朵眼，然后逐渐加大饰物重量让耳朵越拉越长。

马赛人的房子，是由树枝和泥土搭成的，没有水电，很简陋

马赛人的家里

我初巡一圈，着实想买一些，可一打听价格，动辄几美金，未免太贵。

突然，一个天马行空的点子涌上心头，用背包里的那些略显累赘的物品，去换想买的物品，以物换物，体验一把最最原始的交易。

说干就干，我折回旅馆，翻出一口全新的电热锅（哈尔滨的地摊上花 15 元钱买的，本来打算在俄罗斯境内自己煮东西吃，借以抵消其高昂的物价，结果一路上一直没有机会使用，稀里糊涂带到了非洲），两瓶风油精（药店里 1 元钱一瓶买的，本来打算驱蚊虫用，结果一路上的蚊虫太不给力，根本没有使用风油精的必要），一把印着新加坡鱼尾狮塔的金色指甲钳（不知道从哪个抽屉里翻出来的，本想路上当做礼物送人，结果因为种种原因一直没送出去），一条金色项链（早年在义乌小商品市场批发的，8 元钱），2 张展现浙江工业大学建筑风格的明信片（毕业的时候每位同学都有，本想路上给偏远地方的小孩子，结果还有 2 张未送出去），装进包里，华丽丽地向着马赛市场出发了。

这个时代，已经不那么封闭，一些思想先进的马赛人会走出荒野，来到城市，靠编织维持生活

进入市场，闲逛了几家店面，看中一对木雕马赛人偶像，25公分长，黑色木质材料配以彩绘，马赛风情浓郁。

一见生意有戏，老板立马笑呵呵地迎上来，谄媚地说："您真有眼光，这对木雕的工艺非常好，是用黑檀木（Black Sanders）雕刻而成，买回去做装饰绝对一流。"

"是啊，确实挺漂亮的，那请问多少钱呢？"我一边拿木雕在手里把玩，一边问。

"便宜，只要30美金。"老板笑呵呵地回答着，口水都快流下来了。

"30美金还便宜啊？你这也太会做生意了吧？"我继续把玩，继续问，心想这家伙心也太黑了，10美金应该差不多。

"呵呵，那您说多少钱？"老板继续笑着，征询我的意见。

我将木雕放下，用手拦了一下老板的肩，轻轻地说："这样，我有一些东西，想和你换这木雕，你想看看吗？"

知道我不会出钱买，老板的脸色一下子晴转多云，思考两秒，还是忍不住好奇，说："那拿来看看。"

我将刚刚准备的那些小玩意统统翻出来放在桌上，一样一样地向他介绍用途，他也听得很起劲，时不时看看这个，摸摸那个，脸上的表情又从多云渐渐转晴，最终，他拿起那口崭新的电热锅问："这是用来做什么的？"

"这个是电热锅，只要接通电源，5分钟，里面的水就会煮开，到时候做菜做饭都可以。"我将电热锅的用途详细地解释了一遍，心想非洲果然是落后的地方，连个电热锅都没见过。

他拿起电热锅又仔细看了个遍，然后冷冷地说："这个可以换，但是你得加5美元的现金。"

凭借以前卖户外用品时积累的经验，我断定他只是故作镇静，其实内心早已风起云涌，渴望早点得到这口锅，于是我不紧不慢地说："你可真会挑，一下就选中最贵的这样，当初我买的时候可花了50美金，如今换你那30美金，还要我再贴5美金？"

马赛风格的绘画，每一张都充满野性

"那你看着办吧，要换就换，不换拉倒。"他说完这句话，很不情愿地将锅放下。

我已经摸透他的小小心思，便拿起锅，迅速塞回包里，径直走向门外，只甩下一句"看来这生意咱是没法做了，那就再见了。"

刚出门口，就听他连声招呼："哎哎哎，回来回来。"

我再度走回店里，拿出电热锅，此时周边的店家也围过来凑热闹，众人围着这口锅纷纷你一言，我一语，说着听不懂的话，但是喜爱之情溢于言表。

马赛风格的陶艺，同样异域风情浓厚

"好吧，那咱就换，我给你木雕，你给我电热锅。"老板又摸了一遍电热锅，无奈地说。

"你这家伙，刚刚还想狠狠宰我一笔来着，这下被我捏住把柄了吧？没那么容易，看我怎么教训教训你。"我心想，接着嘴上说："50美金换你30美金恐怕也不太合适吧？"

"这50美金是你自己说的，我哪知道究竟是不是真的50美金。"他有些气急败坏。

"可这30美金也是你自己说的，我哪知道究竟是不是真的30美金。"我依旧心平气和。

"你……那你说想怎么样吧。"他真的有些生气了。

我拿了一个木雕的小钥匙挂件，再拿了一个木雕的斑马小面具，放到那

208

对木雕人偶边上，缓缓地看着他说："这样，我也不会让你吃亏，这三样，换这口电热锅。"

"这不行，我不换。"他愤愤地说，接着收起那三样木雕，那架势仿佛没有任何商量的余地。

"好，不换拉倒，那我走了，再见。"说罢我收起电热锅，又要出门，嘴角带出点邪邪的微笑，仿佛断定被再次叫回来只是时间问题。

果然，正在左脚跨出门槛的瞬间，老板再次很没出息地招呼："哎哎哎，回来回来。"

"你可想好了，不要耽误我时间。"我转身，平静地说，身体却没有移动半步。

"嗯，想好了，换，换。"

就这样，一手交电热锅，一手交木雕，完毕，我们握手，庆祝这笔不错的交易完成。至于交易划算与否，就得看被交易的物品是否为彼此所需要，而不能以票面价格去衡量。

走出店门，没几步路，一个编着小碎辫（非洲女人的发型总是千奇百怪，独辫、小碎辫、短卷发、小扎辫，只有你想不到，没有你看不到）的小姑娘追了上来，微笑地说："先生，请问你还有没有那种电热锅了？"

"抱歉，没有了，来的时候我只带了那一个。"我回答着，心里感叹这便宜的电热锅竟然如此走俏。

"那你还有别的东西需要换吗？先生。"她弱弱地问。

"有啊，不过都是些小东西，不知道你喜不喜欢。"

"没关系，来我的店里看一下嘛。"说完她便领我来到她的店里。

我将余下的东西悉数摆在桌面上，她一样一样地翻看，最后拿起一瓶风油精问："先生，请问这是什么？"

"呃……这是一种中国特有的液体药水，涂在身体上，对治疗蚊虫叮咬、缓解感冒症状、提升精神状态都很有效果。"我实在不知道风油精的英文单词，解释起来特别费劲。

"真的吗？这么一瓶小小的药水有那么大的作用？"她将信将疑。

"当然是真的，等等，我让你试试。"说完我打开风油精瓶盖，滴出一点在食指上，按在她的太阳穴上来回擦动，动作熟练得像个经验老到的巫师。

瞬间，清凉袭来，甚至蔓延到空气当中，她脸上露出惊讶的表情，瞪大眼睛说："是真的，先生，我想我的弟弟很需要这个，你想换什么，请选吧。"

"你弟弟很需要这个？他怎么了？"

"你不知道，他的工作属于空中作业，需要精神高度集中，一旦犯困，就很容易出事故，上次就差点……"说到这里，她停顿了几秒，接着低头掩过心酸的回忆，继续说："如果有了这个，情况就会好很多吧，犯困的时候涂一涂，很有用呢。"

"既然这样，你就拿去吧，不用换东西了。"我笑着说。

"那怎么行，你也是用钱买回来的，你就选你喜欢的东西，只是……"她低下头，弱弱地说："只是别选太贵的就行。"

我被这单纯的小女孩逗乐了，拍了拍她的肩膀说："听我说，这个东西在我的国家非常便宜，非常非常的便宜，几乎不需要钱，所以没有关系，你两瓶都拿去，给你弟弟用，还有，让他工作的时候小心点。"

"可是……"

"别可是了，就这么决定了。"我留下风油精，收起其他几件东西，走出了店门。

"哒哒哒"几声拖鞋声，那个小女孩又跟了上来，她将双手叠放在背后，抬头看着我说："先生，请伸出手来。"

我微笑了下，照做。

她拿出一根肯尼亚国旗配色的绳编手链，轻轻戴在我的手腕上，系好绳结，说："这是给你的礼物，你是个好人。"

"谢谢你。"

说完我转过身，接着往前走，脑海里不停地回响"你是个好人"、"你是个好人"、"你是个好人"。

动物大迁徙

看着底下河马们此起彼伏的表演，享受着美食，那一刻我在想："没有什么比旅行更加美好的事情了，我是多么地幸运，能够体验到如此缤纷的生活，我为自己当初辞职旅行的决定感到欣慰，不，是感到骄傲。"

在肯尼亚最南边，紧挨坦桑尼亚边境处，有一片在全世界纪录片中出镜率最高的草原，名叫"马赛马拉"。每年的 7 到 10 月，这里连绵的降雨会滋润出丰美的牧草，原居住于塞伦盖蒂大草原（坦桑尼亚最北边，与马赛马拉大草原隔马拉河相望）的角马群（动物大迁徙的主角，生活在东非草原上的一种长相似牛的大型羚羊）就会渡河北上，上演这个星球上最伟大的自然奇观，那就是动物大迁徙。

拜动物大迁徙所赐，肯尼亚催生出国宝级别的旅游产品，Safari（野生动物追踪游）。价格是同样国宝级别的 100 美金一天，内容是坐在敞篷旅行车里，去窥视最自然的野生动物世界。在我看来，这更像是城市动物园的反向版本，因为在这片自由的草原上，人类才是被关在车笼里的可怜动物。

我们团队一共有 7 个人，这些人中与我关系最好的是美国人"艾利"，30 出头，一米八的个头，干净利落的短发，英俊帅气的脸庞。他对中国文化有着无尽的求知欲，总是喜欢在吃

我们的交通工具，顶棚可以掀起来，方便360°视角观赏动物

我和艾利

饭的时候坐到我身边，聊台湾，聊西藏，聊火锅，聊麻将，聊京剧，聊有关中国的方方面面，当然我也很愿意和他聊，一个人的长途旅行有时候真的需要一个聊伴。

还有一个传说级别的队友是"翠西"，也是美国人，40出头，简单的速干裤、T恤，一头清爽的金发扎起马尾，显示出与一般女人不一样的精明与干练。的确，她不是一般的女人，她是一名动物学家，独自留守遥远贫困的非洲长达十年，致力于野生动物的繁衍和保护工作。如今，岁月在她脸上刻下不可磨灭的皱纹，她依旧没有成家，依旧每天收集着各种数据，依旧兢兢业业地工作着。她的脖子上有块非洲地图轮廓的吊坠，她说这是她最喜欢的图腾，她说要把自己的一生都献给非洲的野生动物，我深信不疑。

我们的司机兼向导是个非常强壮（初步估计就算8个我联手，也不会是他的对手）的黑人，拥有一个与他体格一样霸气的名字，叫做"华盛顿"。20出头，驾驶技术炉火纯青。马赛马拉大草原没有人工修建的路，爬坡渡河是经常的事，但对于华盛顿而言，都不过小菜一碟，似乎只要他想，就没有开不过去的地方。

大多数时候，华盛顿都是一个人默默地开着车，同时双眼像雷达一样地搜索着周边，一旦发现什么新奇的野生动物，就会慢慢靠近，找到一个合适的距离（既不会吓走动物，又能看清楚），招呼大家拍照。有时候真怀疑他那双与皮肤同一色调的眼睛是不是经过了太上老君炼丹炉的千锤百炼，炼成了如同齐天大圣一般的火眼金睛，要不然，怎么会总是能发现那些跟树木几乎一色的野生动物呢？

清晨，漫无目的地驰骋在马赛马拉大草原，我仿佛听到赵忠祥前辈慈祥而浑厚的声音响起："清晨，第一缕阳光投射到草原上，万物开始复苏。狐狸在洞穴旁小心地照看着自己刚出生的孩子，时不时抬头看看周围，警惕着敌人的入侵；长颈鹿一步一步悠闲地散着步，时不时啃上两口树上的嫩叶，

翠西和这帮偷吃的猴子们玩得很欢，不愧是动物专家

我们的神勇驾驶员，华盛顿

慢慢咀嚼；大象们这时也来到水塘边，吸起两鼻子水喷到身上……"

突然，远处一阵尘土扬起，随即传来躁动的声音，似一场小型战争。

"华盛顿，那里有动静，快过去看看。"翠西凭借着多年与野生动物相处的经验，得出结论。

"没问题，马上。"华盛顿永远是这么沉稳而高效。

等我们赶到近处，硝烟已经平息。只看见五六只狮子围着一只仍在抽搐的角马，不停地撕咬着，地上流着一摊鲜艳的血。

车子再靠近，距离缩短到两米开外，狮子们警觉地站了起来，直直地盯着我们这些不速之客，眼神中充满敌意。我们也警觉地站了起来，作防御状，每个人的心慌写在脸上。车子的顶棚是打开的，大概两米高，如果狮子想，随时有能力轻松跳入，尝尝人肉的味道。

"别担心，不会有事的。"华盛顿沉稳地说，接着熄火。

随着发动机噪音的消失，狮子们又安静地坐了回去，继续享受刚刚捕获的猎物，完全不再关心外界。我们也长吁一口气，纷纷拿出相机拍摄，记录下这以往只能在纪录片中看到的一幕。

渐渐地，角马的肚皮被咬破，内脏好似一摊烂泥，一下子全部裸露了出来。这样的场面更加激起了狮子的食欲，它们干脆直接把头伸进角马肚子里狂啃，等到吃完一波退出来，嘴上的毛早已沾满了艳红艳红的鲜血，看上去很血腥。

几分钟前，这匹角马还是草原上无比自由的一分子，几分钟后，却成了狮子的口中食。弱肉强食，生活在食物链最顶端的永远拥有无限的支配权，要谁生就生，想谁死就死，予取予求，这就是马赛马拉的法则，也是这个世界的法则。

数小时后，在翠西的建议下，我们折回到刚刚发生"凶案"的地方。角马的血液已经完全渗入土壤，只剩下了一层皮和骨架，被无数苍蝇"嗡嗡"

狮子正在尽情地享用刚刚捕获的角马

地包围着。狮群在饱餐后已经不见踪影，大概是去阴凉的地方休息了，这是王者该有的生活——饿了随便捕食，饱了随便休息，既不用担心食物，亦不用担心天敌，一种别的动物毕生都无法体会到的逍遥。

"各位等等，另一场盛宴马上就要开始了。"翠西冷静地说，语气中透着一种不容置疑的权威。

果然，几分钟后，伴随着"咕噜咕噜"的叫声，几只秃鹫从天而降，紧接着，越来越多的秃鹫开始聚拢。食肉动物留下的残骸，就是这些食腐动物的生命之源。

秃鹫们毫不避讳地将长长的脖子伸入角马皮层的下方，去啄食那粘在骨头上的一点点肉。时不时地，秃鹫会用它们沾血的喙相互争斗，食物本来就很有限，这样的争斗显得合情合理。

等到食腐动物享用完，这具角马的遗骸将会彻底遭到抛弃；数周后，皮毛便会腐烂进土壤；数个月后，骨头也会在风吹日晒中慢慢消亡，直到寻不见一丝痕迹。

这就是一个生命的轮回，从出生到死亡，从有意识到无意识。这样的场面能够带给人思考，但这样的思考终究只是徒劳。生命，从来就经不起思考。

经过 6 个小时驱车，我们从马赛马拉国家公园入口处一路追踪各种野生动物。除了濒临灭绝的犀牛没有看到，其他非洲四大兽，大象、狮子、野牛和猎豹都看到了。成千上万的角马或在慢悠悠地吃草，或在狂野地奔跑。中午，我们来到马拉河边，河水浑红，基本看不见水里的东西。

"你们可要准备好，惊喜随时都有可能出现。"一直严谨的华盛顿笑着说。

话音刚落，"哞"的一声巨响刺穿长空，紧接着，一个通体褐色的庞然大物站起身来，张开比脸盆还要大的恐怖嘴巴，露出稀疏的几颗尖牙。

"哇！天呐！是河马！"队员们欢呼雀跃，那股兴奋劲跟孩童时期想像着发现外星人基本没什么区别。

陆陆续续，河上不同的几个地方，都有河马探头呼吸，每一次探头都会引来一阵尖叫。就好像一台百老汇的经典舞台剧，每一位演员的亮相都会被

狐狸总是凡事谨慎

斑马，真想上去摸一把啊

长颈鹿："此处是我家，此路由我开，请绕行"

大象饮水，无忧无虑

报以热烈的掌声。

华盛顿拿来早就准备好的午餐盒，米饭、鸡腿、沙拉、水果，每一样都用保鲜膜包裹好，能在原始的马赛马拉大草原深处吃到如此干净又美味的食物，别无所求。我们一字排开坐在岸边的岩石上，看着底下河马们此起彼伏的表演，享受着美食，那一刻我在想："没有什么比旅行更加美好的事情了，我是多么地幸运，能够体验到如此缤纷的生活，我为自己当初辞职旅行的决定感到欣慰，不，是感到骄傲。"

食至一半，就有许多黑脸的长尾猴出没，一开始只是远远地观望，慢慢地越来越靠近。艾利知道这些猴子该是嘴馋了，顺手丢过去一根骨头，立马就被一只猴子以迅雷不及掩耳之势捡走。

"艾利，请别这样做，这些猴子都是野生的，有自己的食物链，用不着同情。你这种行为若是被巡逻的管理员看到，可是要罚款1000美金的。"华盛顿看见艾利的喂食行为，立马上来阻止。

"1000美金？那这些猴子肯定很富有。"艾利半开玩笑着说。

"这样的罚款是有点不合理。"华盛顿停顿一下，继续一本正经地解释："但马赛马拉大草原拒绝半点的人为痕迹，我们什么都不能带进来，当然也什么都不能带走。曾经有位游客偷偷捡了一块角马头骨藏在包里，结果在出景区门口时被检查人员发现，当场没收，并且处以1000美金的罚款。"

"好好，华盛顿，不好意思，我不会再这么做了。"艾利礼貌地道歉。

3天的野生动物追踪游很快在愉快中落幕，感谢经验丰富的华盛顿让我见识到这么多种野生动物，感谢经验更加丰富的翠西总是给我解释看到的究竟是什么动物。

散伙饭毕，我掏出一张1元钱人民币，签上名字，送给我的好朋友艾利当做纪念。

没多久，艾利递给我一张旧旧的1美金纸币，笑着说："丹，这是我送给你的，虽然有点旧，但绝对独一无二，因为我也签了名。"

"不不不，我送你中国纸币是因为我把你当好朋友，不需要任何回送，艾利。"我有一点点尴尬。

"怎么？你不喜欢美金？还是你不喜欢美国？"艾利坏坏地看了我一眼。

"不不不……"我刚想解释，却又不知道该如何解释。

"哈哈哈，只是个玩笑啦，请收下我的 1 美金，我们相互保存，我的好朋友。"艾利笑过之后认真地说。

"好，但是我想告诉你一个秘密。"这回轮到我坏坏地看着他。

"什么秘密？"艾利瞪大了眼睛。

"1 美金相当于 6.5 元人民币，所以你损失了一些钱，我的朋友。"说完我哈哈大笑，仿佛一个策划已久的阴谋得逞了。

"你看看，中国人做生意总是很在行。"艾利也哈哈大笑，轻轻地拍拍我的肩。

推车记

10公分，20公分，半米，1米，大巴车缓缓挪动了。车的侧面与山坡剧烈摩擦，发出"哧哧哧"的声响，我的脸上挂下三条黑线，琢磨着："这……这么做，车侧面的油漆不就全毁了么？也太不把车当做车使了吧？"

从肯尼亚的海滨城市蒙巴萨可以陆路过境到坦桑尼亚乞力马扎罗山脚的莫什，1000肯尼亚先令（约合11美金），7个小时。

交通工具是那种外壳被漆成嫩绿色的大巴车，印着汽车公司的logo，乍眼看有一种豪华的错觉。一旦上车，原形毕露，破旧的座位像一块块豆腐干一样耷拉在两边，前后排间隔基本只容得下膝盖的宽度。艰难地坐下，试图调整一下靠背，却发现按钮已经僵得动弹不得。再看驾驶室边上的档位杆，光秃秃、孤零零地歪立在那里，甚至连顶端那个方便人握住的圆形塑料球都已经脱落。这样的情况比起缅甸大巴车都有过之而无不及，我开始担心它会不会在路上抛锚。

司机是个粗手粗脚的黑人，顶一头小卷发，蓄一脸络腮胡，戴着一副黑色的太阳眼镜，乍一看好似好莱坞大片中的保镖。

7点整，准时发车，刚出车站进入主干道，司机就是猛一脚油，随即发动机发出"唔唔唔"的轰鸣声，响得近乎疯狂，我判断发动机应该是改装过的。半秒间隔，大巴车也有了近乎疯狂的反应，像火箭一样冲了出去，天呐，我有强烈的"推背感"，接着开始担忧，这副饱经摧残的"老骨头"，确定不会被这样折腾散架吗？

肯尼亚的交通规则是靠左行驶，但我们的大巴车司机是个眼睛里容不得沙子的人，只要前方一有慢车（其实相对于其他车辆，那个速度属于正常）挡道，并且此时右边车道（肯尼亚的道路是两车道宽的柏油马路，坑坑洼洼）存在哪怕一点点的超车时间和空间，他就会一把打过方向盘，接着踩死油门，

221

霸气地逆向超车。超过的瞬间还不忘扭头去看看被超车辆的驾驶员，接着嘴里咕噜两句，大概是在骂："他妈的，一个爷们开车，搞这么慢。"所以有三分之一的时间，我们的大巴车都扮演着"公路恶霸"的角色，行驶在右车道。

好几次，超车时机其实并不理想，右车道迎面行驶的车辆不停地闪灯示意距离太近，但我们的司机就好像一只杀红了眼的公牛，只顾拼命狂奔，强行超越。眼看距离越来越近，不行，不行，快撞上了，快撞上了，"哗"，就在将要撞上的瞬间，司机又是猛一把方向盘，大巴车乖乖地拐回左车道，继续行驶。

我观察了一下司机的表情，面不改色心不跳，再看看车内的非洲人，亦是如此，唯独我们这些外国人（很多外国游客都选择这种方式从肯尼亚过境去坦桑尼亚）个个胆战心惊，惊魂未定。当时我想，如果一定要为一路上乘坐的大巴车司机做一个技术和胆识排名，那么眼前这位肯定位列"兵器谱排名第一"，相当于"唐家霸王枪"的地位。

3个小时后，柏油路段结束，就像一款飞车游戏，切换成泥路模式。

路的两边已经看不见半点村庄的痕迹，只剩下一棵棵猴面包树像巨型怪物一样，孤零零地散乱分布着。这种生长于干旱非洲的树高不过20米，可树干直径却可达15米以上，要40个成年人拉手才能合抱。它的果实巨大如篮球，甘甜汁多，是猴子、狒狒、大象等动物最喜欢的美味，所以每当果实成熟，成群结队的猴子便会爬上树去摘果子吃，就有了"猴面包树"的名字。

随着路上车辆越来越少，大巴车的速度没有丝毫减缓，反而更加肆无忌惮地飞驰。突然，几下点刹，大巴车慢慢将速度控制到了20码左右。

"Elephant（大象）！"有外国人兴奋地大叫。

所有靠窗的人都将头伸出窗外，一探究竟，当然，我也不例外。

只见3只成年大象正带领着一只象宝宝，淡定地走在泥路中间，象妈妈时不时用鼻子拱一下象宝宝，大概算是一种爱抚。

坐大巴车偶遇野生大象，这样的事情说出去，若让不解风情的人听了，或许会觉得是无稽之谈，可在肯尼亚，发生的几率相当高。这块地段属于国家公园的一部分，野生动物不用担心被猎杀，自然也不会惧怕人类。所以在这里，即使碰见狮子慵懒地躺在大路中央，也不奇怪。

大巴车慢慢地靠近，司机轻按几声喇叭，大象没有什么反应，继续慢悠悠地走着。没办法，司机只能继续小心跟随，等到大象自己愿意靠边了，再猛地一脚油门，绝尘而去。

大象就这么旁若无人地走在大路上，一点都不害怕车辆

又过了差不多3个小时，我们的大巴车再次停了下来，这次不是动物因素，而是人为的意外。

前方有一辆拖着集装箱的半挂车，因为泥路面太泥泞，吃不住力，在路中央抛锚了，占据一个半车道。小车车身窄，依旧能够勉强通过，但所有的大巴车都只能排起长队等待，等待半挂车挪动后，继续通行。

我下车，来到半挂车旁探个究竟，这里围着很多黑人，都是各辆大巴车上的乘客，你一言我一语地商量着如何把这辆半挂车救起来。有人建议往车轮底下垫东西来增加摩擦力，这个方案得到了认可，于是大家分头行动，去两边的荒地里捡树枝、小石头等垫置物，垫在半挂车的启动轮下，几次往返，树枝和小石头有了一定数量，差不多可以试试了。

司机回到驾驶室，启动，挂档，接着猛踩油门，启动轮开始疯狂地转动，但很快，所有的垫置物都被旋进了泥里，而半挂车，没有丝毫的移动。大家又试，又失败，如此几番，也泄了气，只能干等在那里。

非洲本来就是贫穷落后的地方，温饱尚且不能解决，此类的交通事故更是难有解决问题的工程设备，即使有，以非洲人的工作效率，派过来也不知

从这个角度看，集装箱半挂车已经将两个车道封死了

道是何年何月。我推测这场堵车会持续很久，做好了打持久战的准备，甚至连该干些什么打发时间都想好了。

正在这时，有一辆大巴车重新启动了，慢慢靠近半挂车。眼看就要撞上了，司机一打方向盘，将右侧的车轮整排陷入了泥路边的沟道里（大约比路面低 20 公分），由于失去平衡，车身呈 75° 角斜靠在土坡上（此处地形奇特，道路两边是凹下去的沟道，而沟道边是一米多高的垂直土坡，看上去就像一个 U 形槽），不能动弹。

紧接着，几十个黑人一拥而上，手搭在大巴车身四周，看样子是要推车了。果然，随着司机挂档，踩死油门，启动轮飞转，所有人也一齐使劲，提供更多的动力。

10 公分，20 公分，半米，1 米，大巴车缓缓挪动了。车的侧面与山坡剧烈摩擦，发出"哧哧哧"的声响，我的脸上挂下三条黑线，琢磨着："这……这么做，车侧面的油漆不就全毁了么？也太不把车当做车使了吧？"

没等我琢磨出个结果，大巴车已经成功通过那最狭窄的一段，妥妥地从沟道里重新爬上路面。所有人都为这成功的穿行欢呼雀跃，有的甚至跳起了舞，那感觉就像在奥运会上，看到自己国家的运动员夺得金牌那般兴奋。于是我的脸上又挂下三条黑线，琢磨着："这……这不就是把车强行推过去了么？至于这样欢乐吗？"

未等我琢磨透，那辆车的乘客们重新上了车，满足地离开了。我注意到每个人脸上的表情，幸福中带着一丝侥幸，就好像世界末日那天，登上了诺亚方舟。先河一开，后面的大巴车就都这么干了，毕竟谁都不愿意无止境地等待下去。

　　我想在这个世界上，绝少有别的国家的人们会以这种方式去处理这样的情况，这仰仗于肯尼亚人乐观的天性，他们脑子里想的只有一个问题，那就是如何把车子弄过去，接着前进，而不会去想该如何处理油漆脱落的问题。

　　事实上，我也无法理解他们。

再看这个角度，只能感慨非洲人民的智慧是无穷的

王大胆

　　一听说王大胆没有打疫苗就敢来非洲，那个白人惊悚的表情简直就像看到了绿巨人，他铆足了劲说："你胆子真是太大了，没有打疫苗针居然敢跑来非洲旅行，这有多危险你知道不？那些黄热、霍乱、疟疾之类的疾病，染上任何一种都有可能要了你的小命！"

《饥饿的苏丹》（摄影：凯文·卡特）

　　曾经有这样一幅摄影作品：一个骨瘦如柴的非洲小女孩，蹲在贫瘠、干裂土地上，头低低地垂下，她在等待，等待着死神将她的灵魂带走。不远处，一只秃鹫，正虎视眈眈地盯着这个小女孩，它也在等待，等待着一具即将到来的尸体，饱餐一顿。

226

这幅照片获得了美国新闻界最高奖普利策奖，但摄影师凯文·卡特却受到了潮水般的指责，指责他为什么不丢下相机去救那个孩子于秃鹫的喙爪之下？

凯文·卡特解释，当时非洲该国疾病和饥饿横行，死尸遍野，外界援助不过杯水车薪，毫无作用。当他怀着沉重的心情准备离开该灾区，执行任务的飞机已经发动，而他正要登机，回头看到了这惨绝人寰的一幕，就按下快门拍了下来 ，然后不得不匆匆离去。

但是舆论压力没有因为他的解释而减弱，最后这位摄影师选择了和小女孩一样的结局：他自杀了。

这个故事残忍而悲伤，将非洲描述得像是所有苦难的温床，是地狱在人间的倒影，甚至连提起，都会不自觉地捂住口鼻。的确，那里充斥着贫穷，贫穷到满目疮痍；那里充斥着疾病，各种各样的疾病，有些可以医治，有些无药可救。

肯尼亚和坦桑尼亚边境，塔维塔

塔维塔的街道

　　正因为如此，每个前往非洲的外国人，都会事先打好各种疫苗。其中最重要的是黄热疫苗和疟疾疫苗。黄热是一种黑热病病毒所致的急性传染病，症状为发热、头痛、恶心、面红、呕黑色血水等，主要通过蚊虫叮咬传播。疟疾也就是我国古代所称的"瘴气"，一种疟原虫传入人体所致的传染病，症状为周期性冷热发作，主要通过蚊虫叮咬传播。一来因为这两种疾病容易受传染，二来杀伤力确实都挺大，小则上吐下泻，大则丢掉性命。

　　不是说不打疫苗就一定会染病，只是生命珍贵，容不得半点闪失。可就有那么一个不怕事的主，因为嫌麻烦（主要原因），也因为对自己饱经摧残的身体太过自信，硬是没有打一针疫苗，就单枪匹马地杀向非洲，姑且叫他"王大胆"吧。

　　在入境肯尼亚的时候，王大胆侥幸过关，没有被要求出示"黄书"（打完疫苗，就能够得到一本全球通用的黄色封面证书，上面印着"疫苗接种国际证书"的字样，在很多非洲国家的入境关口，需要出示这本黄皮书，才能允许入境）。可是出来混，总要还的，到了坦桑尼亚边境，他就没有那么侥幸了。

在那个旧得不能再旧的入境处里，巨大的吊扇在天花板"哗哗哗"地旋转着，从那深黑的扇页来看，大概好几年都没有清洗了。签证官拿着王大胆的护照，前后翻了一遍，一脸严肃地说："请出示你的黄皮书。"

"长官，黄皮书在我的行李里面，行李在大巴车的行李箱里。"王大胆试图浑水摸鱼。

"那你去找司机，把你的行李翻出来。"签证官的脸上依旧没有一丝笑容。

"这样做太麻烦了吧？长官，我肯定是有黄皮书的，不然怎么进入肯尼亚呢？"王大胆接着满口谎话。

"我不管，你去把黄皮书找来，不然我不能给你签证。"说完，签证官把王大胆的护照丢了回来，然后看了看排在后面的一个白人说："下一个。"

那个白人将护照递进去，趁着等待的间隙，和正在犯难的王大胆说："你去拿一下吧，不然是拿不到签证的。"

肯尼亚出境口

"其实……"王大胆面露难色，支支吾吾地接着说："其实我没有黄皮书。"

"什么？你的意思是你没有打疫苗针还是弄丢了黄皮书？"那个白人很惊讶，或许在他看来，黄皮书就是撬开非洲大门的敲门砖。

"没有打疫苗针。"王大胆坦率承认。

一听说王大胆没有打疫苗就敢来非洲，那个白人惊悚的表情简直就像看到了绿巨人，他铆足了劲说："你胆子真是太大了，没有打疫苗针居然敢跑来非洲旅行，这有多危险你知道不？那些黄热、霍乱、疟疾之类的疾病，染上任何一种都有可能要了你的小命！"

"我知道，可是事已至此，有什么别的办法吗？"王大胆为自己欠考虑的行为很后悔，并不是后悔没有打疫苗针，而是后悔没有事先去延安路（杭州的繁华商业街，能轻松搞到任何假证）买一本假的黄皮书。

"你就跟签证官说明情况，然后去达累斯萨拉姆，找一家最正规的大医院，补打疫苗。不过记住，要亲眼看着医生拆开一次性注射用具才行。"那个白人很有逻辑性。

"好吧，那我姑且试一试。"王大胆别无他法。

等那个白人办完签证，王大胆再次凑到窗口，诚恳地说："长官，我没有黄皮书，您看怎么办吧。"

"去后院打针。"说完，他从里屋叫来一个穿着军装的大肚子黑人，用斯瓦希里语（坦桑尼亚国语）交流两句，从那恭敬的态度来看，这个黑人应该是位长官。

王大胆跟随长官来到后院，长官首先开口："30美金，打一支黄热病的针，你就能够拿到黄皮书了。"

"我能选择交钱而不打针吗？"王大胆从前工作的时候就学的各种贿赂招数，终于派上用场。

"钱都交了，为什么不打一针？这样对你的健康有好处。"长官非常不解。

"我知道这对我的健康有好处，只是……"王大胆思考片刻，组织了下语言，接着说："只是这非洲的针头实在不能让我放心，抱歉，说出这个。"

"呵呵，原来是因为这个，我知道很多外国人都对非洲存在这样的误解，但那是很多年以前的状况，现在我们这里用的都是一次性针头，不然我当场拆给你看。"长官对王大胆的误解丝毫没有生气的意思。

"不了，还是不了，我就给钱买本黄皮书吧。"王大胆权衡两秒，安全起见，还是决定不打针。

"那好吧，既然这样，就随你吧。"长官说话间拿出一本空白的黄皮书，准备登记资料。

"话说，长官，价钱真的是30美金吗？"能在这样的时候还想到钱的问题，真是不得不佩服王大胆的独特思维。

"呃，当然了，不然你以为？"长官说出这句话的时候，明显底气不足。

"长官，我们这些长途旅行的背包客，各路信息都灵通得很，您就别报这虚高的价钱了。"其实王大胆一点都不知道内幕，只是被骗多了，自然就有了经验。

"好吧好吧，老价钱。"长官边说边填写着资料。

两分钟后，资料填写完毕，王大胆签上名字，长官盖上印章，就算生效了。因为根本不知道老价钱是多少钱，王大胆拿出一张50美金递给长官，让长官自己找钱，结果找回30美金。凭借着自己的聪明才智挽回10美金的损失，王大胆暗暗佩服自己。

末了，王大胆告别，准备出门。这时，长官又开口："孩子（大概是看到护照上面的出生年月，他改用这个称呼），你真的打算不打针继续前进吗？"

"没有，事实上，我想去达累斯萨拉姆找家正规的医院打针。我的目的地是南非好望角，还要穿越好几个国家，真有必要打一针。"本来倒是无所谓的，但想起刚刚那白人惊悚的表情，王大胆觉得真有必要打上一针。

"其实，孩子，现在，在非洲，很多骇人听闻的疾病已经很少出现了，比如霍乱、麻风，所以不必太担心。至于黄热病，你只需要多加注意早上的蚊子，因为传播黄热病毒的蚊子只在早上活动；而疟疾，你只需要多加注意晚上的蚊子，因为传播疟疾的蚊子只在晚上活动。这些就是一个在非洲生活了40年的当地人给你的建议，防范好了这些，打不打疫苗针都不是大问题。"

"好的，我听进去了，谢谢长官。"王大胆真心道谢。

"还有，孩子，你去南非会经过马拉维吗？"长官突然紧张地问。

"会啊，当然，我在攻略上看过，那是个特别美的小国家，尤其是马拉维湖。"王大胆直言。

"如果有可能，就避开它吧，马拉维湖虽然很美，但湿润的环境滋养出一种带着脑膜炎病毒的蚊子，一旦被叮咬，感染了脑膜炎，一天之内就会要了你的小命，已经有好几个外国人遭遇这样的悲剧了。"他停顿了一下，接着说："所以，你可以仍然选择去马拉维，但你必须清楚这点，有时候一个提醒，能够挽救一条生命。"

"真心谢谢你，长官，这消息对我很有用。"王大胆真的庆幸遇到了好人。

"那么，祝你好运吧，孩子。"长官挥挥手。

正是因为这句提醒，对王大胆后来改变行程起了一定的作用，不然，或许各位看官就看不到这些文字了。

而这个王大胆，就是我。

防骗有术

"谁在造谣?"老人推了推鼻梁上的眼镜,看见我身边的那个黑人,于是用斯瓦希里语咆哮了一番,意思大概是:"你个无良的骗子,又在到处害人。"

晚上9点,距离市中心13公里,坦桑尼亚首都达累斯萨拉姆市郊车站。

"你知道 Libya Street 附近的 Econolodge 吗?"我问一个正在抽烟的出租车司机。在这个时间,公共交通已经关闭,步行又不可取(非洲的治安很差,常有抢劫外国人的事情发生,尤其是晚上),打的是唯一的选择。

"我当然知道那个旅馆,《Lonely Planet》推荐的,经济实惠,你们这些背包客最喜欢去。"他不紧不慢地说着,仿佛一点也不把这单生意放在心上。

"你还挺了解嘛,多少钱?"我继续问。

"30000 坦桑尼亚先令(约合 14 美金)。"他继续不紧不慢地回答着。

"你可真会做生意,哥们,你怎么不说是 60000 先令?"我冷冷地调侃道。

他掐掉手中的烟,脸上写着一点不高兴,接着说:"你知道那儿有多远吗?哥们,13公里,所以这个价格一点都不贵。"

"13公里,非常正确,和我的《Lonely Planet》里头记载的一模一样,但为什么车钱会有 6 倍之差呢?你是在要我吗?哥们?"我接着调侃。这一路,已经学会无数交涉技巧。

"好吧,像你这样知道行情的旅行者总是很让人讨厌。"他无奈地摇摇头,接着说:"但是 5000 先令是两年前的价格,你也知道,物价飞涨,现在的价格是 10000 先令,绝不骗你,哥们。"

"我很想相信你,哥们,但是抱歉,我必须再问问别的司机,不然我今晚会睡不好觉的。"

"好吧好吧,随你。"他又点起一根烟。

车站呈环形,我绕了一圈,问了不下 10 个出租车司机,最高报价是

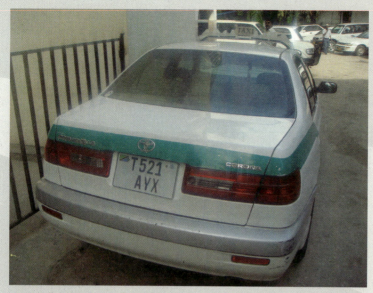

达累斯萨拉姆的出租车倒是还不错，全部丰田牌

50000 先令，最低报价是 12000 先令，看来那家伙真的没有骗我。

回到原点，他的一根烟又抽完，看见我，不紧不慢地说："怎么样？我没骗你吧？上车吧。"我苦笑，乖乖上了车。

出了车站，司机就开始倾情演绎"狂飙的士"——非洲司机普遍拥有的驾驶风格。在大道上行驶 5 分钟后，车子拐入一条小巷，继续一路横冲直撞，丝毫不顾虑是否有人会突然窜出来。巷子越开越深，深得不见人影，我开始有些惊慌，这不会是要把我劫了吧？我甚至想好了可能遇到场景：阴暗巷子的最深处，终于无路可走，司机熄火，邪恶地看着我，接着车窗外出现几个帮凶，双手交叉在胸前，作打手状站着。他们要我把所有的钱都交出来，我当然应该照做，并且央求他们留我一条性命，可是，我又该怎么回家呢？

没等我想完，巷子的尽头就到了，不是死路，那里有霓虹灯。万幸，那一瞬间，我甚至愚蠢地想感谢司机，感谢他没有伤害我，多么荒谬的想法。2 分钟后，

街边的船形建筑

　　我们来到一家 3 层楼高的旅馆，门口挂着霓虹灯，看上去并不低档。

　　"这个就是 Econolodge 吗？"我没有看到任何标志牌。

　　"不是，哥们，现在，请允许我向你推荐这家新开的旅馆，有电风扇，24 小时热水，只需要 20 美金，你可以先进去看看。"说完，司机得意地笑，那表情仿佛做了某件伟大的事情。

　　"真的非常非常感谢你，哥们，说真的，我非常非常想住这里，可是……可是我只能去 Econolodge。"我似有苦情地述说。

　　"为什么？"

　　"因为早在半个月前，我就已经在网上付了全款房价，不能退还。若是早知道能够认识你，哥们，我就不那么干了，哎。"我的表演越发动情，自己都觉得鸡皮疙瘩直起。

　　"哎，那就没办法了。"说完他重新启动车子。

又是 10 分钟狂奔，车子急刹在一条主干道边，隔着挡风玻璃，我看见墙壁上醒目的"Econolodge"标志，才安下心来。下车，打开后备箱，背上行李，走到驾驶室边，掏出一张 10000 先令面额的纸币，递进去，带上一句敷衍的"谢谢"。

"请多给 2000 先令，刚刚带你去看那家旅馆，我多绕了路。"这回轮到他若有苦情地说。

"我又没让你带我去看那家旅馆，所以，哥们，以后别总是自作主张，记住了，再见。"说完，我拍拍他的肩膀，头也不回地走进旅馆。

中午 12 点，达累斯萨拉姆码头。

"嘿，您好吗？"一个看上去还算面善的黑人走到我身边，热情洋溢地打招呼。

"嗯，不错。"我敷衍地回了一句。

"您是要去桑给巴尔岛吗？请到我这儿买票吧。"航行于达累斯萨拉姆和桑给巴尔岛之间的船有好几艘，票价一样，但分属于不同的海运公司，相互之间会争抢客源。这个黑人，应该就是中间抽取回扣的那类拉客人。

"你卖多少钱一张票？"我随口问了一句。

"20 美金（这是个和《Lonely Planet》上面一样的价格）。"

"正常的价格，但我为什么要在你这里买？我完全可以去更加正规的售票处买。"我确定自己并不友善。

"实话告诉您吧，如果您通过我买一张票，我将能够拿到 500 先令的回扣，但这回扣跟您没有关系，是海运公司给的，您就当帮帮我吧。"他楚楚可怜地说。

这样的潜规则我早就知道，只是被他这么一说亮，却徒增几分好感。500先令的回扣，不过人民币两块钱的事，合情合理，应该不会有什么猫腻。况且不损害自己利益又能帮到别人的事情，何乐而不为？经过这一番分析，我便答应："那好吧，今天我没有带钱，明天来你这儿买。"

"好好，谢谢您，那我等您，还是这个位置，我还穿这套衣服，您可要认得。”眼看又一单小小的生意谈成，他面露喜色。

"没问题，还是这个时间，我还留这个发型，你可也要认得。"我幽默了一把，逗得他哈哈大笑。

次日中午 12 点，达累斯萨拉姆码头，我如约而至。

"嘿，您来啦，是我，还记得我吧？"昨天的那个黑人在第一时间冒出来，喜笑颜开。

"当然，走，带我买票去。"我笑着拍了拍他的肩，当他半个老朋友。

"嗯……我有个不好的消息要告诉您。"他收起笑容，面露难色，支支吾吾地说。

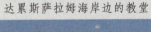
达累斯萨拉姆海岸边的教堂

"怎么回事？"我隐约感觉到一丝不对劲。

"天气预报说，明后两天海风会很大，那种20美金票价的船太差，不能出航。"他说得有板有眼，就像真的一样。可老子是明眼人，一看就知道接下来该上演怎么样的剧情了。

"啊？那怎么办呀？"我装作很着急地问，配合他将这出戏演下去。

"只有一种办法，就是换乘那种好船，不过船资要增加到25美金。"他一脸苦相，无辜地说。言外之意就是新增加的5美金就是他的回扣。

"哦，这样呀，可是我只带了20美金，该如何是好？"我决定耍耍他，这样的骗术实在是挑衅我智商的底线。

"这个……要不您回去拿一下？"他倒是给我提出了方案。

这个回答很没有创新，让我很失望，我决定不玩了，就淡淡地说："我还是去售票窗口问问吧。"说完，便自顾走向售票窗口。

眼看事情将要败露，那个黑人一脚插到我跟前，慌张地说："别别，您要相信我。"

"我只是去问问情况，没别的意思。"我笑着说，继续迈开脚步，边走边想："当骗子能不能专业点？"

三步两步来到售票窗口，里头坐着一个戴眼镜的印度老人正在看报纸。我礼貌地说："有个朋友说明后两天海风会很大，20美金的那种船停开，是真事吗？"

"谁在造谣？"老人推了推鼻梁上的眼镜，看见我身边的那个黑人，于是用斯瓦希里语咆哮了一番，意思大概是："你个无良的骗子，又在到处害人。"

那个黑人不甘示弱，也用斯瓦希里语疯狂地咆哮着，意思大概是："老子混口饭吃容易吗？你个老不死的非得多管闲事。"

我只被无奈地隔在中间，好一出闹剧。

下午3点，达累斯萨拉姆街头，卖香蕉的小摊。

"香蕉怎么卖的？"我问。

"500 先令一根。"摊贩厚颜无耻地回答。殊不知我在别处买过，不过五分之一的价格。

"这些呢？"我拿起一柄，大概有 20 根左右。

摊主接过，耐心地数了一遍，说："21 根，算 10000 先令好了。"

"什么？是 20000 先令吗？"我装傻，一边数钱一边问。

"是是是。"摊主大概觉得遇见了一个外国傻子，于是赶紧点头，眼睛直直地看着我手里的钱。

数完一圈钱，我直直地盯着他，过了十秒钟，非常认真地说："钱不够，只有 18000 先令，那就不买了，再见。"

说完便大步流星地离开了，只听身后又是跺脚又是哀嚎："10000 就行！10000 就行！"我想那时候他肯定为自己的贪婪而懊悔，而这种懊悔，却能带给我快感。

夜间烧烤，这几乎是坦桑尼亚的主要食物

逃跑

我再一次捂住嘴巴，歇斯底里地尖叫，却听不到一点声音，只有眼泪一滴滴滑落，为他，也是为我。为他饱受摧残的肉身，为他如此悲惨的人生终点；为我内心的恐惧与折磨，为我旅行中遇到的如此绝望的一幕。

坦桑尼亚首都达累斯萨拉姆，并不是一个安全的地方。

《Lonely Planet》里面的"危险和麻烦"一栏写着："在白天，小心扒手，尤其是拥挤的集市以及公共汽车站和火车站。在晚上，避免独自步行，尽量选择出租车。"

而在旅馆的信息栏里，贴着一张更加骇人的告示："各位外国背包客请注意，昨天又有两个德国人被抢劫，物品包括护照、相机、手机、现金以及银行卡里所有的存款，请大家千万别在夜间去偏僻的地方，保护好自己。"

告示中的"又"字说明在这里，抢劫的发生率很高；而"银行卡里所有的存款"这几个字被打成了黑体，说明抢劫犯绝不满足于包里的现金，而是赶尽杀绝的那种类型。

那天傍晚，夕阳无限好，我朝着旅馆的方向，漫步在达累斯萨拉姆的海滨大道上。路过一段围起来的铁丝网墙，墙中间破了一个刚够人体穿越的洞，我钻了进去，试图拍摄点温暖的余晖。

刚钻进去，两个黑人不知道从哪里窜出来，一左一右将我拦住，厉声问道："你来这里干什么？"

我被他们粗犷的嗓音吓了一跳，随即回答道："我是来坦桑尼亚旅行的，看见铁丝围墙破了口子，就进来看看，准备拍点照片。"

"你不知道这个地方是不让进的吗？"他们恶狠狠地说。

"不好意思，我不知道，况且围墙上也没有警告呀。"我本能地用铁一样的事实为自己辩解。

"没有警告你就能进了吗？没看见这里是围起来的吗？"他们的语气半点不怀好意。

"对不起，都是我的错，我没有搞清楚状况，我退回去便是了。"我决定认怂，为这场毫无来由的争论画上完结号，和不讲理的野蛮人辩解永远都没有意义。

"你以为这地方是你想来就来，想走就走的吗？"他们继续恶狠

就在这块墙板上，经常会有外国背包客被抢的消息贴出

狠地说，同时一左一右挡住破洞口。说真的，那一刻脑子里只浮现出一幅画面，一位身怀绝世武功的大侠被一群泼皮无赖包围着。只可惜我不是身怀绝世武功的大侠，而他们，很可能是泼皮无赖。

"那你们想怎么样？"我感觉情况不妙，声音也变得没有底气。

"我们要带你去见我们的老板，除非……"说到这里，他们一脸坏笑，反复搓捏着大拇指和食指，意思是要钱。

"No Money！没有钱！"我的回答斩钉截铁。如果无缘无故地把辛辛苦苦省下来的钱交给这两个人，那我也太醒醍了。

眼看索钱无望，一个黑人负责看守我，另一个黑人则一路小跑去不远处的水泥房，向老板汇报情况。

忧虑、害怕、无助如鬼魅般袭来，脑海中映射出千百种接下来可能发生的画面。或者被关在屋子里不见天日，又或者被绑在椅子上一顿毒打，每一幅画面都让人绝望。我知道，我必须想个办法，趁现在只有一个人看守我，

逃出去。

"嘿，警察，救我。"我装做向警察呼救，眼睛夸张地望向铁丝网围墙外。

听到"警察"这个词，那个负责看守我的黑人慌了神，转身去看。说时迟，那时快，我一个箭步冲上去，铆足力气，一把将他推倒，接着以迅雷不及掩耳之势，穿过那个铁丝网破洞，逃跑。

彼时，我的脑子一片混乱，已经来不及判断究竟哪条路通往旅馆，只知道一直跑，别停，停下来就有可能被抓到，被抓到就有可能被打，被打就有可能昏厥，昏厥就有可能被抢得一无所有……

我疯狂地奔跑着，像电影《阿甘正传》中的阿甘一样，忘记疲惫，忘记喘息，只不过阿甘奔跑是为了追寻生命的真谛，而我奔跑是为了逃命。天色越来越暗，暗得什么都看不见（非洲有路灯的地方少），突然，我被一根东西绊了一下，重重地摔在地上，摔得我有些发懵。

我坐起来，发现后面没人追上来，松了一口气，揉了揉手臂，映出半手的血，夹杂着煤灰泥土。我的眼睛顺着月光指引的方向看去，看看究竟是什么东西绊倒了我。扭曲的鞋子，磨满破洞的裤脚，是腿！居然是人的腿！！！

我捂住嘴巴不让自己嚎叫出来，可心脏却颤抖得快要停止。夜幕下，一条小巷子里，一个垃圾堆，一个人，一动不动地躺在垃圾堆里，这意味着什么？难道是死了吗？

脑子里千百种思绪泛起，我是该不去理会这个生死未卜的人，接着往前逃吗？还是该看看是不是能为他做点什么？纠结，缠斗，最终我还是觉得不该就这么一走了之。

垃圾遮挡住了月光，这个人的头被深深地埋藏在阴影之中。我站起身来，一步一步小心地挪过去，随着视角的变化，月光渐渐洒向这个人的全身，裸露的腹部，骨折的手臂，最后的最后，被老鼠爬满的头部。

我再一次捂住嘴巴，歇斯底里地尖叫，却听不到一点声音，只有眼泪一滴滴滑落，为他，也是为我。为他饱受摧残的肉身，为他如此悲惨的人生终点，为我内心的恐惧与折磨，为我旅行中遇到的这如此绝望的一幕。

不，我不想让这条巷子、这个垃圾堆、这个人，再摧残我的眼睛，再摧残我体无完肤的灵魂。我唯有奔跑，唯有向着城市中那栋最高建筑的方向奔跑，来逃离这一切，来让自己重回人间。

我掠过一个又一个与黑夜化作一体的黑人，却没有丁点印象，就像粉笔字后面跟随的黑板擦，将一切有色粉尘颗粒都碾灭成空无。他们一定在想："这个外国人是怎么了？是疯了么？他为什么要跑？他究竟在害怕什么？"但如果让他们置身到一个比他们现在的居住环境还要差十倍的地方，然后遇到我刚刚遇到的那一幕，或许他们就能明白我为什么要跑了，为什么要跑得那么绝望了。

路，无尽头，巷子，无尽头。我只是不停地跑着，跑着，左拐，右拐，感觉自己穿越了这个世界所有的小巷子，感觉自己跑完了来时的十万八千里。

一个小时后，我跑进旅馆，跑进 503 房间。我哆嗦着锁好门锁以及另附的插销，又检查了一遍窗户上的插销，随即躺在床上，像死去一般睡去。梦里，我仍在逃跑。

守望者麦基

随他一同跳下海，调整好呼吸，将头潜入海水中，透过塑料镜片，我看见五颜六色的珊瑚礁自由自在地生长着，各种鲜艳的海鱼穿梭其间，一切近得几乎触手可及。天呐，我这是来到水下版的"潘多拉星球"了吗？

夕阳下，沿着农奎（桑给巴尔岛东北边的一个临海小村庄）海岸线漫步。细腻的沙滩柔软如棉毯，在海浪作用下被一层层带起，又一层层落下；

农奎的日落，很美

244

海水在阳光照射下呈现出重叠的色彩，微微泛白，淡蓝，蔚蓝，像是调色板下自然的杰作；当地人在欢乐地踢沙滩足球，颠球、头球、传球、接力。一颗足球，也许就是他们唯一的娱乐活动。

一路上经过无数的酒店，最便宜的大概 20 美金，普通水泥房，里头一把电扇和一张床，性价比极低，唯一值得称道的是开门就能看见大海；稍好一些的酒店需要 50 美金上下，别致的房间主题，满园的植被，摆放在岸边的沙滩椅，这些就是那多余 30 美金的价值。

当然，还有一家霸气十足的七星级酒店，远远望去就像是一艘银河战舰，如果非要拿电影《阿凡达》中的某条飞龙来比喻，那绝对就是"魅影"。

高高的步行栈道直接通往海里，大概有几十米。走到栈道尽头，置身在两米高的海面上，有一种"整个印度洋都是我的"的幻觉。露天广场是一个超大的游泳池，源源不断的淡水循环。在这座隔绝的孤岛上，淡水这样的奢侈品也只能供有钱人如此挥霍。目光所及处，就能看到穿着制服的服务生，笔直地站立着，随时等候差遣，只要一个响指，无论食物或者浴巾，都会立马双手奉上。

"房间多少钱一天啊？"我斗胆上前向一个黑人服务生打听价格。并不打算住，单纯出于好奇。

"标准间，1000 美金一天；豪华间，3000 美金一天，带 24 小时按摩的那种。"小伙非常有礼貌地回答，一看就是经过专业酒店培训的。

"哦，这么贵，会有人住吗？"想到会贵，但不曾想到会贵得那么离谱，听到价格那会儿，差点腿软没站住。

"当然有啊，那些来桑给巴尔岛度长假的欧洲人，他们会选择在那种 50 美金一天的酒店住一个月，临走的时候来我们这住两天体验一下。您要不要也试一试？绝对终生难忘。"

"我相信肯定会终生难忘，但在住之前，我得先考虑一个问题，那就是如何回家。"我无奈地摇摇头。

"哈哈哈，您真幽默，没有关系，您下次来的时候，不必再考虑这个问题。"

霸气的主屋和奢侈的游泳池

七星级酒店的服务生就是不一样，懂得反幽默。

　　经过酒店，大概继续前行 200 米，被一个黑人小伙叫住："来我们的海龟救护中心参观一下吧，朋友，里面能看到海龟、蜥蜴等热带岛屿动物，还配有专业讲解，不过 5 美金，就当一点支持。"

　　我粗略看了下，所谓的海龟救护中心，面积不过 200 平米，外墙用栅栏围起来，里头根本没有建筑。于是问他："这海龟救护中心，会不会太寒酸了一些？"

　　"确实寒酸了一点，因为这个海龟救护中心是我们当地人自发建立的，除了 5 美金的门票钱，没有任何外界的经济支持。"小伙耐心解释。

　　"那你们为什么要自发建立这个海龟救护中心？"我知道当地人很穷，

而自发往往意味着贴钱，穷还要贴钱，就说明背后一定有某种强大的信念做支撑。

"你也知道，现在科技手段越来越发达，捕杀手段也越来越厉害，海龟越来越少，如果再不保护，多年以后就要灭绝了。我们桑给巴尔人对海龟有种独特的情结，它们就像我们的朋友，我们不希望我们的后代失去这样的朋友。"他说得入情入理，任何东西和传承联系在一起，总能让人感动。

"我很想做点什么，但5美金对我来说太贵了，所以，抱歉了。"穷游有时候真的让人无所适从。

"朋友，你知道，我们每天要做很多的工作，孵化海龟蛋，饲养小海龟，将长大到一定体型的海龟放生，我们的经济有限，很多人都饿着肚子干这份没有报酬的工作。所以，如果可以，请进来看一看，支持一下我们。"小伙子这样实诚的劝说，弄得我很不好意思。

"朋友，我是个穷游的背包客，预算真的不多，这样吧，我不进去看，但给你2000先令（大概1美金多点），就算一点支持。"说完我翻出2000先令的纸币，递给他。

大概第一次遇到这种情况，小伙明显懵了，从他的眼神来看，懵之余还充满着感动。十秒钟后，他开口了："朋友，你的门票只需要2000先令，请跟我来。"

真的是意外之喜，"好人有好报"这句话看来在任何国家都能应验。

小伙自我介绍叫"麦基"，28岁，就住在农奎村里，由于英语口语较好，每天都会抽出一点时间来这里招揽游客参观，为海龟救护中心尽一份力。

"你们为什么不向政府申请一点资金呢？"我希望能为他们出谋划策。

"政府就是腐败的东西，他们只顾收税，从来不会为我们做点什么。"看来麦基还是个愤青。

"那你们老这样白干也不行啊，你们也得生活啊。"我说的是实话。

"我们轮流着为海龟救护中心免费工作，其实每个人都还有别的职业，比如我，我是个画家，自己画油漆画（当地一种用油漆画出来的手工画，内

麦基的小船，这是桑给巴尔岛的特色

容多是岛上的风景，非常漂亮）卖给游客。"说到这里，麦基脸上写满骄傲。

末了，告别，我鼓励麦基："希望你一直坚持下去，我的朋友。"

"等一下。"麦基叫住我。

"怎么了？"

"我觉得你是个非常值得交往的朋友。明天你有空吗？我想带你去一个地方。"麦基已经完全把我当做好朋友。

"谢谢你的信任，几点？"我欣慰地笑着。

"早晨10点，这里，不见不散。"

"不见不散。"

翌日早晨10点，我如约而来，麦基已经先到，笑着打了招呼。

麦基在海中

他带我上了一艘船，扬起船帆，顺着风，向远方驶去。这是一种桑给巴尔特有的木船。木头凿出来的船体，易于漂浮；翅膀一样的左右支架，可减弱洋流冲击，用来控制航行中的平衡；直直伫立的桅杆，装上船帆，就能凭着海风提供动力。

一路劈波斩浪，不时会有飞鱼从海面跃起，滑翔上一段距离，接着优雅地落回海里。有时候一条，有时候几条，此起彼伏，像是一场欢乐的表演。对于飞鱼，早就听说过，如今亲眼所见，仍然觉得不可思议。

"我们要去哪儿？"我问麦基。

"到了你就知道了。"麦基朝我看看，笑得很神秘。

20分钟后，我们的船靠近一个小岛，但没有上岸。麦基收起船帆，又不知道从哪里摸出两双脚蹼和两个浮潜面具，递过来各一样，说："给，穿上，我们去看些美丽的东西。"

我接过，穿戴好，随他一同跳下海，调整好呼吸，将头潜入海水中，透过塑料镜片，我看见五颜六色的珊瑚礁自由自在地生长着，各种鲜艳的海鱼穿梭其间，一切近得几乎触手可及。天呐，我这是来到水下版的"潘多拉星球"了吗？

半小时的畅游，累了，爬上船，仰面躺下，麦基喘着气问："怎么样，美不美？"

印度洋的海水，也可以蓝的如此纯粹

"美，我曾经在太平洋浮潜过，相比之下，那里只是浮云。"我用了"Nothing"这个词。

"但你知道吗？这里已经发生了很大的变化。我小的时候玩浮潜，能够看到很多海龟，可是现在，哎！"这一声叹息，道出桑给巴尔人多少的辛酸。

"别这样，我的朋友。"我拍拍他的肩。

"所以你知道我们为什么要建立海龟救护中心了吧？我们不想若干年后，什么都看不见了。"麦基似乎要流泪了，而我不说话了，只在心里默念："守望者，麦基！"

终染症疾

我大口大口地吃着螃蟹肉，第一次，人生当中第一次把螃蟹肉当猪肉吃。吃罢，揉揉肚子，彻彻底底的饱了，第一次，人生当中第一次吃螃蟹吃饱了。所谓吃饱饭，不想家，满足感油然而生。

在桑给巴尔岛的码头附近，有一家毫不起眼的中国餐馆，老板娘是一个嘴角长着一颗痣的中国女人，姓陈，我叫她陈姐。

结识陈姐完全来自一场意外。那天，我正在迷宫一样的石头城（石头城是整个桑给巴尔岛的历史文化中心，城内喧闹的集市、清真寺和阿拉伯式房屋遍布，道路复杂而狭窄，最窄处甚至可以通过二楼窗户同街对面的人握手。

这就是桑给巴尔古老的石头城

每个黄昏，都有年轻人以跳海为乐

房屋大多由海底的珊瑚岩筑成，因此得名"石头城"）摄影，突然，一辆摩托踏板车从转弯口猛地冲出来，我躲避不及，被轻微擦伤，而这辆摩托踏板车的驾驶者，正是陈姐。

　　肇事之后，陈姐立马下车查看我的伤情，确定无大碍后，就坚持要请我吃饭作为补偿。不吃则已，这一吃，就吃上了瘾（你永远都不会知道一个好几个月没有吃到正宗中餐的中国人有多么多么想念一顿正宗的中餐），从那以后，我每天都去陈姐餐馆吃晚餐。

　　有一天傍晚，我再一次去农贸市场闲逛，看看有什么新鲜的东西。这始终是我认为最能融入当地生活的方式。

　　卖菠萝蜜的哥们还记得我，边手头忙着杀菠萝蜜，边挤出微笑对我说："朋友，今天要不要来一点？"

　　卖西瓜的哥们也记得我，边抽着烟，边坏坏地对我说："朋友，这次再

253

六美金，四斤重的大螃蟹，啥都不说了

给你便宜 500 先令，怎么样？"（我在想，你早干嘛去了？）

　　还有卖蜜饯的哥们，坐在他那二八大杠自行车上，叼着根草对我说："朋友，我都看见过你好几次了，你真的不打算尝尝桑给巴尔的蜜饯吗？"

　　这一切看上去就像我已经在这里生活了十年，可事实上，不过几天。

　　按照惯例，最后逛的是鱼市，墨鱼、金枪鱼、鲳鱼、小鲨鱼，但凡想得到的海鱼，都能在这里找到。而这次，一筐螃蟹引起了我的兴趣，爬在最上面的那只，是我迄今为止见过的最大个的螃蟹。

　　"螃蟹怎么卖的？"我问摊主，一个五大三粗、颇有几分李逵形象的黑人。

　　"你想要哪一只？"摊主反问我。

"最大那只。"事实上，我就是冲这只螃蟹来的。

"10000先令（约合6美金）。"说价格的时候摊主没有犹豫，看来这不是宰游客的价钱（估计也很少会有游客来农贸市场买生螃蟹）。

"太贵了吧？能便宜点吗？"尽管我心里早已为这价钱偷着乐了，但嘴上还是不忘讨点便宜。

"不能不能，便宜一分钱我都不卖。"摊主长得像李逵，性子也像，看来这真的就是底价。

"好吧好吧，那我买下了。"我爽快地掏出一张10000先令的纸币给他。

"你是识货的朋友，这只螃蟹足足有2公斤呢。"说完，摊主将螃蟹往对面摊贩的秤上一丢，好家伙，两公斤，一两都不少。

买下螃蟹后，我直奔陈姐餐馆。半小时后，一盘美味的红烧螃蟹就摆在眼前了，蟹脚夸张地露出盘子边缘，真的是太大的一只螃蟹。

"陈姐，你辛苦了，一起吃嘛，这么大的螃蟹我一个人也吃不完。"我邀请陈姐一起吃。

"不了，你吃吧，这样的螃蟹我们经常有的吃的。"陈姐推脱。

"不会吧？四斤重的螃蟹唉，经常有的吃？"我实在不敢相信。

"当然啊，现在稍微少点了，要是几年前，更大的螃蟹都是家常便饭，而且非常便宜。"陈姐如是说。

"你们真是太幸福了！"那一瞬间，突然有种想留下来的冲动，为了海鲜留下来，吃货的本性暴露无遗。

我大口大口地吃着螃蟹肉，第一次，人生当中第一次把螃蟹肉当猪肉吃。吃罢，揉揉肚子，彻彻底底的饱了，第一次，人生当中第一次吃螃蟹吃饱了。所谓吃饱饭，不想家，满足感油然而生。

那天店里生意冷淡，饭后，我们聊起家常。

"陈姐，你当初怎么会选择来桑给巴尔这么远的地方呢？"这是我最纳闷的问题。

"我出生在桑给巴尔岛，7岁那年，父母回国了，我也跟着回国，在广州

255

生活，读书，直到 20 岁。父母割舍不下桑给巴尔岛的情怀，又回来了，我那时候没有结婚，也跟着回到了岛上，毕竟岛上有我最亲的人和快乐的童年。"陈姐的述说平淡而真实。

"那后来你和你先生怎么走到一起的呢？"这个问题显得有些八卦，不过家常，无非这些。

"他的情况和我差不多，也是跟随父母来桑给巴尔岛，岛上中国人不多，就很自然地认识了，又因为年龄相仿，很自然地恋爱结婚了。我们有两个女儿，一个在南非开普敦读大学，另一个就在这里读小学。"陈姐继续平淡而真实地述说。

"那你后来有回过广州吗？"我问。

"当然有啊，每年都会回去一次，毕竟还有些亲戚在那里，现在父母老了走不动了，我就代他们探望。桑给巴尔岛去广州也方便，只要在多哈或者迪拜转机就行，十几个小时的事情。"从东非到中国广州，在陈姐眼里居然是方便的，这个女人眼中的世界，该有多小？

"有句话叫做'叶落归根'，你有想过等到老了回到中国度过余生吗？"

"什么根不根的，对我们来说，桑给巴尔岛才是根，我们的护照都是坦桑尼亚护照，去中国是需要办签证的，你说怎么度过余生？"讲到这里，陈姐叹了口气，接着说："再说，中国现在房价物价都那么高，我们也没什么特殊的手艺，如果回去的话，恐怕连自己都养不活哦。"

听到这里，一阵莫名的哀伤。

又有一天，我照例还去陈姐餐馆吃饭，吃到一半，我便放下筷子，用手抵着头。

"怎么了？小王，今天怎么只吃这么一点点？是菜不合口味吗？"陈姐走过来，关心地问。

"不是不是，菜好吃得很，就是没有食欲，也没有力气。"我虚弱地笑了一下。

"我看看有没有发烧。"说完陈姐用手背摸摸我的头，着急地说："真

只要有货物，就有劳苦的搬运工

的有点发烧，会不会是疟疾？你有没有被蚊子叮过？"

"被蚊子叮得最多的时候就是在你店里，饭菜太可口，早已忘记了蚊子的存在。"我挤出一丝笑容。

"都什么时候了，你还有工夫说笑。"陈姐埋怨了一句，接着说："我从前也得过疟疾，初期症状就是没有食欲、乏力、发烧，后来会越来越严重，演变成呕吐、腹泻等等。"

"哦，那我应该庆幸，还在初级阶段。"

"你在国内打疫苗针的时候，有顺带治疗疟疾的药吗？"陈姐问。

"没有呀，不瞒你说，陈姐，我连疫苗针都没有打。"我苦笑。

"啊？不会吧？你这孩子，也太不把自己当回事情了。"说完，陈姐皱了皱眉头说："这样吧，我带你去中国医疗队那里，如果真是疟疾的话得赶紧治疗，越拖越严重。"

"真是……麻烦陈姐了。"我已虚弱得连话都快说不清楚了。

这样的中国菜，对于几个月没回国的我来说，简直就是人间美味

　　坐上摩托车，20分钟后，我们来到了中国医疗队（为了援助医疗设施落后但疾病繁多的非洲，中国每年都会派很多药品、设备和医生来非洲）的所在地，检查了症状，确定为疟疾初期。我终于染上疟疾了，印度之行因拉肚子而圆满，非洲之行，看来也因感染疟疾而圆满了。

　　输液，吃药。医生说，这个病，人的抵抗力也占很大因素，如果明天还是头痛、乏力、没胃口，再来输液。值得一提的是，对于中国同胞，这样的治疗是全免费的，我终于感受到了祖国母亲的温暖。

　　第二天早晨，经过一宿昏天暗地的睡眠以及昨晚的输液药物治疗，我的状态大幅好转，虽然依旧有点乏力，胃口也欠佳，但总算缓过来了，也没再去麻烦医疗队。

　　两天后，我离开桑给巴尔岛，去和陈姐告别。

　　"孩子，你自己多保重，姐会记住你的。"陈姐有些不舍。

　　"陈姐，你也是，如果……如果将来有机会，我还来看你。"我心知，这个机会，恐怕渺茫了。

完结

　　南非大使馆位于达累斯萨拉姆市郊，那天我去咨询签证事宜。再往南，除了南非，貌似经过的国家都能拿到过境签证，所以想确定南非签证，以便安排行程。门口保安搜身两遍，终于见到面试官，一个戴着军帽的黑人女士。

　　"你好，我想申请南非签证。"我直抒胸臆。

　　"你来自哪个国家？"这个问题的潜在意思是并非每个国家的公民都有权利申请南非签证。

　　"中国。"我有些没有底气地回答。

　　"是中华人民共和国还是中国香港？"这个问题的潜在意思是如果你持有的是香港护照，还有的谈。

　　"中华人民共和国。"我从没底气地回答变成硬着头皮回答。

　　"抱歉，中国人民共和国的公民，只能回本国办理南非签证。"这句话的效力不亚于一张判决书。

　　"能通融一下吗？或者别的办法？"我做着最后挣扎。

　　"抱歉，这是规定，从来都没有变过。"这句话的效力相当于申诉被驳回。

　　"那是我的梦想，我真的很想去好望角看看……"我试图再磨一磨。

　　"No！"一个停止的手势，一切都结束了。

　　回到旅馆，我开始疯狂地查关于南非签证的信息，期待或许在别的国家签南非还有希望——但无奈，结果非常一致，非得回国办理。我不知道为什么会有这样的规定，但事实就是如此。

　　正好那天，是打电话回家的日子，国外旅行的日子手机不通，我只能每隔十天给家里座机（那座机很古老，没有来电显示）打一个电话报平安。

一接起电话，妈妈就非常认真地问："儿子，你在外面一切都好吧？"

"当然好啊，我会照顾好自己的，您放心吧。"我从来都是个报喜不报忧的人。

"我想跟你说一个事情，我昨天做了一个梦。"妈妈仍然一本正经。

"什么梦啊？"我傻傻地笑着。

"我梦见你吐了一口血。"妈妈放低声音说。

"然后呢？"

"然后你擦了擦嘴巴，又吐了一口血。"

我……

我当时在电话这边都差点吐血，心想："妈，您能说得再惊悚一点吗？"

"你知道吗？我当时心都跳出来了，想给你打电话，又不知道该往哪里打，可把我给担心坏了。"妈妈在电话那头接着讲，语气没有丝毫玩笑的意味。

"对不起啊，妈，我回来了，马上就回来。"我忽然就冒出了这句话。

这个决定看似草率，却在情理之中。想去马拉维，那个带脑膜炎蚊子的告诫回响耳边；想去赞比亚，风景不过大同小异；想去马达加斯加，交通费不堪承受。更关键的一点是，无论去哪个国家，都必须要折回坦桑尼亚再回国，因为东非以南，只有肯尼亚、坦桑尼亚以及南非有回中国的航班。

2011 年 10 月 16 日，当我在达累斯萨拉姆登机的那一刻，最大的感受不是没有到达好望角的遗憾，而是一种解脱。终于不用再去担心那瞬息万变的各国签证，不用再去计划那错综复杂的旅行路线，不用再去害怕走夜路被抢劫，不用再去惶恐黄热病或者疟疾。

近 20 个小时日夜颠倒的飞行，庞大的空客 A380 飞机终于抵达上海浦东国际机场。再一次看见熟悉的中文，熟悉的一切，真的就像一场梦。要知道昨天，就在昨天，我还身在遥远的非洲，和各种黑人打着交道呢。

我剪掉头发胡须，换了一身正常都市年轻人该有的行头，又无耻地融入了城市，至少在外形上融入了城市。唯有我那饱经风霜的皮肤，昭示着我过去所有的狂野与不羁，和这个城市的任何一个年轻人相比，都显得格格不入。我更黑了，比上次从高原回来更黑了，黑得甚至有人说我是马来西亚人，非洲日晒雨淋的洗礼，又岂是每个人都能感受到？

本来还想着应该编个什么样的借口去圆那个"研究生"的谎，可是回到家中，妈妈已经完全将毕业证书那回事抛到九霄云外，能够见到一个没有缺胳膊少腿的儿子（虽然肤色这个问题她老人家在很长一段时间内都难以接受），就已经念阿弥陀佛了。妈妈只是抱住我，不停地说："回来就好，回来就好，我就你这么一个儿子，能够每天让我看见你我就知足了。"

我紧紧地抱住她，想起那个梦，热泪盈眶，正所谓"日有所思，夜有所梦"。娘，孩儿不孝，让您受惊了。此时《荒野生存》中的一幕幕再次重现，我想起克里斯幻想着回家的那个镜头，想起克里斯父母因为没有儿子消息而焦急绝望的那个镜头，我是多么幸运，健健康康地，回家了。

夜晚，一个人躺在温暖的床上，周遭寂静无声，静得连一根针掉落都能听见。想起非洲那会儿，每一晚，劲爆的迪吧音乐几乎要到天明，折磨得我无法入眠；又想起中东约旦那会儿，每一天，清脆的祷告声都会在凌晨响起，折磨得我无法入梦。那时候想，如果能够美美地睡上一天就好了，现在，无论睡上多少天，都没有人来说我，可我却莫名地回忆起那时候。

研究生的谎言还在继续，只是越来越多的人已经知道了真相。流言总是这样，即使口口相传，也会有惊人的效应，甚至一些几乎不曾联系过的朋友都主动找到我，竭力邀请吃一顿饭。在他们看来，我已经成了一个不大不小的传说，我干过的这件事情应该是他们这辈子都无限渴望但又不可能会去做的一件事情，于是，他们希望从分享中得到一些生命的不同体验，而事实上，我也乐于分享。

国内 5 个月，加上国外近 8 个月，11 个国家，最远到达非洲。对于绝大多数人来说，这都是一段太远太久的旅行。第一阶段旅行结束的时候，我觉得自己已经强大到无论做什么，都一定能够成功。如今，这第二阶段的旅行结束，我依旧觉得自己强大到无论做什么，都一定能够成功。但给我更多启迪的是，我觉得，人不只应该为自己做些什么，还应该为家人，为这个社会做些什么。这些话听上去像是套话，但确实是我心中所想。有生之年，除了环游世界，我还应该为这个世界做些什么。

有人问我还会不会接着旅行，我回答："旅行这东西，如果天天去，也是会腻的。"或许有一天，当我再次感到生活没有生气的时候，会接着来一次旅行，一次更加追随心灵的旅行。

无论如何，这一生，旅行，已经植入我的魂魄。

"最美中国系列"丛书简介

"Zuimeizhongguoxilie"congshujianjie

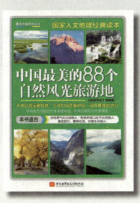

《中国最美的88个自然风光旅游地》

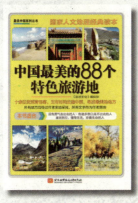

《中国最美的88个特色旅游地》

《中国最美的88个人文旅游地》

"最美中国系列"丛书是旅游圣经团队历经数年发展、走遍中国后推出的巅峰之作。团队组织所有优秀作者撰写本系列,可谓十余位资深背包客视野中的"最美中国"。

本系列丛书内容系作者原创,是他们心灵的真实感悟;照片系作者亲自拍摄,是他们对美的瞬间永恒的诠释。饱含人文底蕴的文字配上震撼人心的精美照片,定会给读者带来极致美好的心灵慰藉。

本系列丛书共三本:

《中国最美的88个自然风光旅游地》
书号:ISBN 978-7-5124-0242-3
定价:39.80元
出版社:北京航空航天大学出版社

《中国最美的88个特色旅游地》
书号:ISBN 978-7-5124-0320-8
定价:39.80元
出版社:北京航空航天大学出版社

《中国最美的88个人文旅游地》
书号:ISBN 978-7-5124-0394-9
定价:39.80元
出版社:北京航空航天大学出版社

"中国最美旅游线路"丛书简介

《最美秦晋——从山西到陕西》

《最美江南——从南京到上海》

《最美中原——从洛阳到商丘》

《最美徽州——从黄山屯溪到三清山》

《最美湘桂——从湘西到桂林》

《最美福建——从厦门到闽东海岸线》

《最美海南——从海口到三亚》

本丛书包括：
最美秦晋——从山西到陕西
最美江南——从南京到上海
最美中原——从洛阳到商丘
最美徽州——从黄山屯溪到三清山
最美湘桂——从湘西到桂林
最美福建——从厦门到闽东海岸线
最美海南——从海口到三亚

本套丛书追求有个性有特色的旅行，淡化走马观花的传统方式，追求历史文化民俗的深度感悟、风景美食住宿的独特体验，倡导"大景点"概念，提倡在一个地方要做几件事。除了游览出售门票的传统景点之外，更推崇在当地探索不为人熟知的特色风景，寻找巷陌深处的地道美食，住一家温馨浪漫的小客栈，听一段地方戏，寻一件民间工艺品等等。这套丛书还打破了传统旅游书以省划分的模式，每本书都不限定某一个行政区域，而是在全国范围内精选多条特色经典路线，设计出最合理的行程安排，每条路线又可以根据读者不同的时间兴趣分化为数条小路线，全书景点行程可相对独立又紧密相连贯通一体。本套丛书由资深背包客实地考察后撰写，文字和照片均为原创，定能带给你全新的启示，使你的旅行充满趣味，更加丰富多彩。

《悠闲慢旅行》

　　书号：ISBN 978-7-5124-0508-0

　　定价：39.80 元

　　出版社：北京航空航天大学出版社

《背包客》

　　书号：ISBN 978-7-5124-0689-6

　　定价：39.80 元

　　出版社：北京航空航天大学出版社

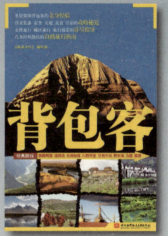

《老北京新北京 2012-2013》

　　书号：ISBN 978-7-5124-0682-7

　　定价：39.80 元

　　出版社：北京航空航天大学出版社

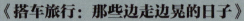

《搭车旅行：那些边走边晃的日子》
书号：ISBN 978-7-5124-0923-1
定价：39.80 元
出版社：北京航空航天大学出版社

《一个人旅行直到世界尽头》
书号：ISBN 978-7-5124-0888-3
定价：39.80 元
出版社：北京航空航天大学出版社

《十年旅行》
书号：ISBN 978-7-5124-0969-9
定价：39.80 元
出版社：北京航空航天大学出版社